无核之云

沈奇　著

陕西新华出版传媒集团
陕西人民教育出版社
·西安·

图书在版编目(CIP)数据

无核之云 / 沈奇著. —西安:陕西人民教育出版社,2015.5
(当代新诗话 / 沈奇主编)
ISBN 978-7-5450-3644-2

Ⅰ.①无… Ⅱ.①沈… Ⅲ.①诗歌评论—中国—当代—文集 Ⅳ.①I207.22-53

中国版本图书馆 CIP 数据核字(2015)第 101790 号

WU HE ZHI YUN
无核之云
沈 奇 著

出版人 黄平利
策 划 田和平 马晓侠
责任编辑 沈 斌
责任校对 张 星
装帧设计 沈 斌

出版发行 陕西新华出版传媒集团 陕西人民教育出版社
(西安市丈八五路 58 号 邮编:710077)
印 刷 中煤地西安地图制印有限公司
开 本 787mm×1092mm 1/32
印 张 7.25
字 数 140 千字
版 次 2015 年 7 月第 1 版 2015 年 7 月第 1 次印刷
书 号 ISBN 978-7-5450-3644-2
定 价 32.00 元

沈 奇

1951年生，陕西勉县人。

1970年代开始现代诗写作与文学活动。

迄今已出版诗集《天生丽质》《沈奇诗选》与《沈奇诗学论集》（三卷）等14种，编选《西方诗论精华》《现代小诗300首》等8种。

在海内外发表诗歌评论及文艺评论文章一百余篇。

部分作品和论文被翻译为英、日、德、瑞典、捷克、拉脱维亚等多国文字。

曾获第二届"柳青文学奖"等。

西安财经学院文学院教授，中国作家协会会员。

改变语词的方向

——读沈奇的《无核之云》

南 帆

20 世纪 70 年代末至 80 年代初，我曾经尾随众多大名鼎鼎的朦胧诗人短暂地关注过新诗。然而，这种兴趣未能维持多久。我很快察觉，自己更乐于阅读小说或者叙事作品。大约是个人气质使然，比较“俗气”的性格。“俗气”并非自嘲，小说或者叙事作品更多地卷入日常生活，更多的烟火气息——我觉得三教九流的人物和街谈巷议的故事较之诗的崇高意象更为有趣。目前为止，这种状态已经持续了数十年；我更为注重这个世界如何叙事而不是如何抒情。

日前沈奇寄来了他的诗话书稿《无核之云》，吩咐我发表一些议论，我深感踌躇——我能说得出什么呢？

《无核之云》提供的阅读享受是大多数理论著作所匮乏的。沈奇沿袭了中国古典诗学理论的特殊形式——诗话和词话，由数百则关于诗的短小感想组成，警句妙语，不凡的心得。作者无心把这些感想装配成一个巍峨的理论体系，而是如同散金碎银摊在桌上。如果说，“以曲意洗心/润化人生”或者“好诗如菊”这些命题也许曾经见诸古人，那么，更多的观点则闪烁着沈奇的独特光芒，例如“何谓‘诗人’？//被命运所伤害/或/准备去/伤害命运的人”，或者，“诗是表演吗？//差不多是这样/也永远不该是这样”。还有一句我也十分喜爱——诗是“‘天地眼’/‘万古心’/或一声穿透大地的/诗意叹息”。

对于心爱的诗，沈奇毫不吝啬地动用了各种赞颂之辞。《无核之云》的种种表述之中，诗仿佛是这个世界的唯一重心。没有诗的生活是不可想象的。我不止一次地遇到这种场合：许多诗人竭尽全力把诗叙述成皇冠上的明珠。他们情绪激烈，态度坚决，甚至不惜为此挥动老拳打上一架。情人眼里出西施，这种夸张不是罪过。尽管如此，我还是想指出，没有多少人赤裸裸地以如此强悍的姿态为自己的爱好辩护。我喜欢阅读小说，同时喜欢论文和散文的写作，但是，我没有勇气将这些作品形容为天地之间的神器或者万物之源。从乒乓球运动、厨艺的钻研、收藏古董到登山、听音乐、设计服装，各项活动都有可能成为一个人毕生钟情的对象，而钟情的原因并不是由于它的重要。喜欢已经是最大的理由，可以不关心它们的价值。可以宣称自己仅仅为诗而活，没有必要固执地强求他人相信，诗是人类精神的唯一火炬。“诗之言——/言人言之所未言/言天言之所不言”——这种表述多少有些过分。“祛魅”是现代的基本品格之一，诗无法代替上帝。况且，世界之大，尺有所短，寸有所长，谁知道什么叫作重要或者不重要？

因此，诗人对于诗的迫切捍卫更多地让人意识到背后的某种焦虑。这个世界愈来愈明显地倾向实利主义，物质财富正在成为衡量大多数问题的标准。经济学声望如日中天的时候，诗急速地滑向边缘。诗的读者不断地减少，诗人自尊的严重受挫终于酿成剧烈的反弹。这种反弹的一个表征即是，诗人对于诗的夸耀远远超过了唐诗宋词盛行的年代。坦率地说，我不怎么重视这些夸张之辞——如果机智的辞句背后没有令人信服的证明。

然而，《无核之云》之中反复出现的几个关键词语还是启动了我的思想——道、上帝、存在、语言和“我”。它们之间存在什么关系？与众多反本质主义者不同，沈奇承认“道”的存在：“万物先于人类的诞生而存在/此‘存在’即为‘道’”，他认可“天不变道亦不变”的命题。如果说，“道”无法直接显现，那么，诗肯定处于与“道”最为接近的地方——“诗志于道”，“诗以道生/道为诗之骨”。既然如此，诗人必定是这个世界无与伦比的人物，他们代表上帝立言：“这个世界/连上帝也疲倦了——/把本该他干的活/交给了诗神。”这种“存在”或者“道”如何与每一个人衔接起来？这时，沈奇毅然指向了语言：“只有语言——/作为存在的源头”；换言之，这如同每一个具体的生命与庞大世界的交接之处。诗的使命即是“开我诗性生命/本初自在”。由于诗的召唤，道、上帝、存在、语言和“我”终于联结为一个整体。

“诗表达什么？/诗不表达什么”，沈奇不再将诗的写作形容为惊天地、泣鬼神或者济世匡时的伟业;他的表述出现了适当的分寸:诗仅仅“——改变语词的方向/获取另一种语言/和精神力量”。尽管可以将这种分寸解释为必要的谦虚,但是,在我看来,“改变语词的方向”已经隐含了深远的意义。仿佛作为一种呼应,沈奇在另一处写下这些句子:

诗　是我们生命
内在的方向

这方向,不能
改变我们的命运
却能校正我们
看待命运的眼光

的确,诗仅仅是语词方向的改变,仅仅是字句的推敲和语序的重新排列,然而,还有比校正我们的眼光更为伟大的精神坐标吗?

2012年12月

目录

上篇

文身之石——现代汉诗诗学断想330则

诗 与 思

1

当代汉语诗人、作家于坚，曾给诗歌下过一个别有意味的定义，说诗是“为世界文身”。

“文，画也。”(《说文解字》)“集众彩以成锦绣，集众字以成辞意，如文绣然。”(《释名》)

“为世界文身”的功能不在改造世界，而在礼遇世界、雅化世界——这是反思百年中国“新诗”以及其他什么“新”的一个大前提。

2

世界的本源或本源的世界何以改造？

万物源道，“其宗”所在——宇宙之原生，世界之原在，自然之大魅，生命之大惑。

源“其宗”，“六合为巨，未离其内；秋毫为小，待之成体。”(《庄子·知北游》)是以“道可道非常道”(《老子·道德经》)。

3

故，人与世界的关系，非改造与被改造的关系，而是礼遇与被礼遇的关系，进而雅化世界并雅化人类自己——经由“诗”与“思”之“获救之途”。

4

雅，在现代汉语中是形容词，在古代汉语中则有“动词”之意：意为“正”，正以“礼”，正以“道”，正以丘壑内营，真宰在胸，脱去尘浊，与物为春。

现代之“正”，则正之有教养的公民；正之本真自我的独立之人格、自由之精神；正之诗性与神性生命意识的正脉有承。

5

文生于野而正于庙堂，故常常要“礼失求诸野”。至于后来王朝将“雅”与“礼”搞成“雅驯”与“理法”，存天理灭人欲，并不等于今天就要反其道而行之，完全弃“雅”与“礼”而不顾。

实际上，连当今的西方也知道，在上帝虚位、哲学终结之后，诗之思的存在，已成为现代人类最后的“获救之舌”。

6

故而，一切的诗与思之要义所在，在于“说法”而非“说什么”。

7

世界是原在的，从个体到整体，人类的一些基本问题其实是一直存在且不可能做“终极”解决的。因此，是人类对世界的体验和表达这种体验的说法，亦即其发展变化的“表意方式”，构成了人类的文明史和文化史，而不是由说了些什么所决定的。

就此而言，语言及文字之于文体（一切文学艺术乃至整个文化），无异于一种“物种意义”而至关重要。

8

世界的意义在于其所存在的过程，过程中的细节，细节里的体味，然后——成诗，成文，成文化记忆与历史文本——一种个在的、别样的、不可化约的、看待大千世界的诗与思之感知方式和表意方式。

9

故，中国以及整个汉字文化谱系中，向来诗大于思。

10

汉语之于世界、之于人生，说什么都讲“味道”，且首讲“味道”，次讲“营养”，从物质到精神，概莫如此。

11

“文章千古事”，味其道也——“味”是对世界的体味或体味后的说法，“道”是世界的原在。

12

“味”即“道”，“道”由“味”生；无味则无道，味成道身。

13

将形而下的“味”与形而上的“道”相联结，合成一词“味道”，并以此作为一种既含糊又明白而普遍使用的“价值”体认，且用之于几乎所有的生活体验、生命体验、生存体验，以及诗与思之中，是汉字文化的一大发明。

故，“不学诗，无以言。”（《论语·子路》）

14

诗是辨认一个民族之精神、思想和语言的指纹。

——诗性汉语，诗意中国，这是认识中国文化的根本点。

15

一个民族的文化根性，来自这个民族最初的语言；他们是怎样“命名”这个世界的，这个世界便怎样“命名”了他们。

诗的存在，就是不断重返并再度重铸这最初的语言、命名性的语言。

16

中华自古有诗国之称，世界上找不出第二个国家，诗与生活的关系像我们中国人这么密切，林语堂甚至认为汉语诗歌在中国代替了宗教的任务。

这里的根本原因在于汉语的“诗意运思”（李泽厚），由此与西方拼音语系之“理性运思”分道扬镳，形成两种文明形态、文化谱系，及其不同的诗与思之运行轨道。

17

中国人早知天意，明白“道”原本不可解，故止于“味其道”。

——所谓：可意会而不可言传。

18

这里的“不可言传”，不仅指万物之道根本就说不清楚讲不明白，而且暗含最好“不要说清楚讲明白”的意思。

——世界本是说不明白的，说不明白才“有意思”，才有这个依然活泛的世界，可不断说下去的世界，也才有更新的“说”来更新这个世界的灵魂。一旦说明白了，这世界就没意思了，就该终结了。

故，“大道不称，大辩不言。”（《庄子·齐物论》）

19

是以，中国古代汉语中的智者、诗者、艺者，及一切“微言大义”者，面对天、地、人、神，首先想到的是我不能说明白或无法说明白的是什么，而后深怀敬畏之心，试着说一说。

其背后深层的立场在于：世界是不可言明、不可通约、不可量化的。

20

汉语“味其道”之感知方式与表意方式的根源，在于汉字及汉语的诗性本质与非逻辑结构。

所谓“恍兮惚兮，其中有道”（《老子·道德经》）。

21

故，汉字之于汉语，具有不可穷尽的随机、随缘、随心、随意之偶合性，因而对“万物之道”的“识”与“解”，亦即其感知方式与表意方式，也大多是“意会”性的，直觉感悟，混沌把握，不依赖于理性思维及逻辑结构的链接。

22

是谓：悟境——“惑”之心觉，“禅”之体悟，“与造物者游”（《庄子·天下篇》）。

23

是谓：“大道无形”，“大而化之”，“知其白守其黑”，由“悟境”入自“悬疑”出——归旨于“或”的非此也非彼 （止于“or”而非“yes or no”），守“魅”以“隐在”。

正是在这一个“魅”字和这一个“隐”字中，古代汉语诗性和诗意中国的“基因密码”得以传承发扬而生生不息。

24

西方语系与汉语语系之诗与思的根本分歧点，在于其执意要解密世界。

即：理其道/解其道。

25

及至近世在“科学进化论”与“历史必然性”及“资本逻辑”

的强势主导下，由无所“禁忌”而全面“解密”，以及自传统语境向现代化语境的全面转换，渐次将世界“理”“解”到面临终结的地步！

26

其背后深层的立场：世界是可言明、可通约、可量化的。

27

“理其道”的感知方式与表意方式的根源，在于拼音文字与其语言的逻辑结构及“逻各斯中心”。

28

是谓“理性思维”：大道有形，“大而伯之”，知其真守其理，由“计算”入，自“理性”出，归旨于“是什么”和“不是什么”（yes or no），而经由祛魅（disenchant）使世界“理性化”的过程。

亦即如本雅明所说——失掉光晕的过程。

29

“明晰”对明晰（本明本晰——本真）的遮蔽；

“完整”对完整（本完本整——本在）的拆解。

亦即：“光”遮蔽黑暗；“白”遮蔽黑也同时遮蔽白自身。（张志扬：《偶在论谱系》）

30

理性主导，科学昌明，资本强势，天下“大白”，而“世界是平的”——现代汉语语系与现代西语语系共同遭遇的诗与思之现代性危机，于此而生。

诗　心

31

诗的存在是家园的存在——对于迷失的现代人，诗已成为我们唯一来反抗生命中的无意义以及对现代科技文明的焦虑与迫抑感，从而获得充实与慰藉的最后栖息地。

32

人是时空的有限存在者，因生命的繁衍和文化的承传，人类才在无限的时空中保存生生不息的历史记忆。然而就个体的生命而言，这种“类”的记忆并不能替代个在的追寻，有时反而成为遮蔽乃至异己的东西。

时空是无情的，而人又必须在有情的精神依托下度过短促一生;历史的记忆(这里包括当下的生存情景)是浩繁的,而个在的生命又必须在这浩繁中找到自己的真实所在。由此,个人的真实性及其限度,便成为诗与诗人们所切切关注的基本命题。

33

这便是现代人的"时间之谜"了——作为肉体的人,谁也无法再回到过去,但作为精神的人,我们却可以返顾逝水,在生命的"初稿"中,在作为最初的旅行者的足迹中,寻回被岁月拿走的一切,以支撑现实的生存困境——溯流而上,那些已逝的、带着朴素理想和原始梦幻的青涩年华,便重新敞开,言说它复生的诗意,还乡的诗意!

34

由此我们明白:无论何时何地,诗的存在,都是为这个日益"老化"(世俗化、功利化以及所谓"现代化")的世界,找回一颗失落已久的童心和孕育童心的乡土家园。

——"人之为人,总是对照某种神性的东西,来度测自己。"(海德格尔:《人,诗意地安居》)

那么,诗之为诗,是否也总是对照某种已逝或期许中的什么来度测现实呢?

35

上游，水出发的地方。

上游，为成熟走失、永远想回而回不去的地方。

我们从那里出发，奔赴梦想、奔赴繁华，奔赴欲望和对欲望的控制，奔赴对旧的反叛和对新的占有，奔赴角色与身份、奔赴奋斗与迷惘，奔赴那条永远的不归路——作为上游的反词，那个叫“下游”的存在成为诱惑也成为陷阱，而“水，一定在水流的上游活着”(麦城诗:《形而上学的上游》)。

36

永恒的母题:关于此在的盘诘和彼岸的追问;

永恒的悖论:出发的地方成了“彼岸”，而“此在”成了不在的在，一个不断推移的、无法真正抵达的“抵达”。

37

只有语言作为存在的源头，为意欲“还乡”的人们系紧了鞋带，做一次诗之思的跋涉。

当然，你依然不能真实地回去，那个“上游”，依然只能是形而上的。

但吸引你的，不是能不能回去，而是语词的历险、言说的快意、思想的痛感，一种在智力的节日里突然降临的、对生存之寓言化的追问。

38

人是语言的存在，在一种语言范式中生活久了，不免成为语言通约下的精神平均数，使生命成为总体话语的投影亦即他者生命的复制。

现代诗的本质，正是在于通过诗的获救之舌，来不断颠覆我们生来遭遇的语言制度，以求在新的语言之光中找回独立鲜活的生命个性，使这一“诗的过程”，真正成为跳脱文化符号之“硬化”的自由的呼吸，成为现代人得以不断回返本真自我的“回家的路”。

39

向死而生，伪美而活——诗的存在，一切文学艺术的存在，其终极价值，尤其是其现代性价值，正在这一“获救之舌”的意义上。

40

一位藏族画家朋友说：我们虽然不常洗澡，但我们天天洗心。

对于我们这些没有宗教信仰的俗人而言，又拿什么来洗心呢？

——唯诗与艺术。

41

诗，及一切文学艺术，是对生命错误的弥补或者修正，尽管本质上也无济于事。或者只是在直面与想象中，将一些高级的错误表现给低级错误中的人们欣赏与参悟而已。

42

诗是诗性灵魂之记忆碎片的总和；
诗是诗性生命总和的记忆之碎片。

43

没有诗性的语言，就没有诗性的生命；没有诗性的语言的未来，就没有诗性的生命的未来。因此，原生态的生存体验，原发性的生命体验，原创性的语言体验，是诗人在任何时代都不能忘记的法则。

也只有遵从这个法则，诗与诗人才会免于被“公共话语”及所谓“时代精神”所辖制，成为开放在时间深处的生命大花。

44

诗歌与人，与生俱来，原本就生活在真实世界和想象世界两个基本空间中，荒疏任何一面，都难以真正安妥诗性生命之完整的精神与灵魂。

实则无论是诗人还是诗歌写作，只活在浮躁的当下与只活在虚妄的精神乌托邦中，其实是一样的问题。

45

在任何时代，诗都应该是一种在时代主流意识背面发光，在文明与文化的模糊地带作业的特殊事物。它应担当恢复历史记忆及关照当下文化的责任，并适时给出理想与未来的前景，以映照现实之不足与缺陷。

46

对生存“真实”的迫切追问，已成为当代汉语诗歌写作极为重要的精神气质，尽管由此暂时付出了诸如典雅、静穆、高远、精致等传统诗美品质欠缺的代价，但就诗最终是为了护理人的生命真实，以免于成为文化动物、政治动物和经济动物这一本质属性来说，我们宁可少一点所谓的“诗意”，也不能再失去真实。何况，或许只有在这片复归真实的新生地上，我们才有可能复生真正可信任可依赖的诗歌家园。

就此而言，这样的追求与进步，已不仅仅是诗的、文学的进步，更是文化学、社会学意义上的进步。

47

而生的乐趣在于美的照耀，以此使冰冷的存在恢复体温，使窒息的生命得以活性，使干涸的目光重现灵视。

在无名的美的战栗中，参悟宇宙和人生的奥义，本是诗以及一切艺术原初而恒在的“使命”，可当知性/理性/智性在更大范围内发挥作用，使诗人们的抒情热力渐趋消失和本色情感日益退场时，这“使命”又从何谈起？

48

由于理想情怀、文化内涵和诗体意识在当代诗歌中的长久缺乏，也难免催生出另一种“诗美乡愁”，即对汉语诗歌之浪漫精神的反顾，包括现代汉语语境下的浪漫情怀，及古代汉语中的庄骚传统，而重涉诗歌美学范畴的浪漫主义以及古典理想的现代重构之命题。

49

过去的一个时期里，我们过于强调了当代诗歌的“求真”“载道”与“社会价值”功能，与另一种“载道”与“济时”（时势、时代之“时”）之官方主流诗歌形成二元对立而实际一体两面的逻辑结构，忽略了诗歌作为语言艺术和精神家园之“净化心灵”与“捡拾梦想”或“复生理想”的美学功能。

50

“笔墨当随时代新”，“新”到最后，我们又将站在哪里？

诗言志，诗缘情，诗使我们得以舒放、得以宣泄、得以热狂；得以与世界接轨，与人类意识通合；得以解除面具人格回返个我的生动；得以在语言的狂欢中释解生命的郁积；得以在当下的文化语境中确认存在的真实——这都没错，但最终的遗憾是，我们一再疏忘了诗还有另一些功用，更本源更精微的功用——清凉与澄明；一片月光，一缕心香，一种祖传的古意，洞穿时空，照拂我们日渐模糊和俗化的心灵世界。

对于空前浮躁而只活在当下的国人来说，如此的照拂，难免陌生乃至隔膜，但对于那些未完全失去文化记忆的“还乡人”来说，则无疑有“回家”的感动，以此索回向来的灵魂与心境。

51

新诗起步时，曾借浪漫的翅膀由爬行而飞升，此后浪漫主义一直成为新诗创作的主流。后来被时代弄变了味，逐渐走向初衷的反面——浪漫成了虚妄，抒情成了矫情，龙种成了跳蚤，无怪乎今天的大多数诗人们，将其放逐而不顾，从西方转借的“叙事”，由民间生发的“口语”，遂取代“抒情”而成为现代汉诗的新潮。人们不再做“浪漫”的“高梦”，只活在当下，活在现实的平面当中。

52

浪漫本是汉语诗歌乃至整个中国文化的根性所在——屈子的浪漫、李白的浪漫、苏东坡的浪漫,《诗经》的浪漫、唐诗的浪漫、宋词的浪漫……连"搞哲学"的庄子,也把哲学写成浪漫的诗篇,连汉字的创生和构成,也无不充满着浪漫的诗意……

53

矫枉过正,顾此失彼,变手段为目的,有如今天的先锋诗歌找回了真实,却又远离了诗歌。而实际上,冷静想去,我们一向既缺少"牛虻",也缺少真正的夜莺——是假夜莺败坏了夜莺的名声,但不能由此否定夜莺的存在价值。

54

诗人既是真实世界的客观叙述者,又是想象世界的主观抒情者。前者让我们在思之诗中见证现实、指认存在;后者如海德格尔所讲的那样:唤出与可见的喧嚷的现实相对立的非现实的梦境的世界,在这世界里我们确信自己到了家——现代人的精神之家、灵魂之家、神性生命意识之家。

这个家的门上写着两个大词:"浪漫"与"梦想"。这个家曾是无数诗人的初恋,却又因一味的虚浮高蹈和伪贵族气而致"黄钟毁弃",只有少数当代诗人执意留在了"初恋"的诺言里，以真正纯正明净的夜莺之声和大吕之音，挽留那一抹世纪的余晖。

55

诗，以直言取道求真理以作用于"疗伤"与"救治"；

诗，以曲意洗心润人生以作用于"教养"与"修远"。

56

诗为世界文身，茶为人间洗尘。由"药用"而"食用"而"心用"，入此至境，德将为若美，道将为若居。纳静气，消妄障，得素宁，发远志，静空生浑，与物为春——儒之，雅之，慧之，淑之，洗心度人，功莫大焉。

57

诗是文字的音乐、语言的雕塑、神性生命的私人宗教。

诗人是现代精神、现代意识、现代人生命本质的探险者和传教士。

如此，诗方能代表人类同上帝对话，也同时代表上帝同人类对话。

58

文学界（中国以及世界的）对诗的漠视和忽略是当代文学

的悲哀;文学消费界(中国以及世界的)对诗的漠视和忽略是当代人类的悲哀。

然而作为诗自身,绝不能屈就于时代乃至自甘堕落——假如诗也成为一次性消费品,这个世界将完全“失明”。

59

诗,步入当代,越来越归属于小众文学,已是不争的事实。

现代诗对大众的疏离,有多方面的原因,对这些原因不加客观深入的分析,仅以社会对诗的“消费量”的消长来评判诗的发展,纯属庸俗社会学批评的旧习作怪。

60

当代中国,一向以来,便是个“量”的社会,以“量”代“质”,人云亦云,已成习性。于是“大众”便成为一条“戒尺”,一条未辨明是非刻度仅拿来做“棍子”用的“戒尺”,随时祭起来“唬人”。

好在时代不同了,被“唬”的人也渐学会反诘:怎样的大众?是物理空间的大众,还是心理空间的大众?是时代意义上的大众,还是时间意义上的大众?

61

诗的常态写作,是一种私人化的个体劳动,且大多没有确切的“消费对象”,至少在写作当中,它是“为诗而诗”的,亦即只为精神与语言同构的瞬间诗性感应而存在，此外不再考虑到别的什么。

62

诗的传播可以集体模仿个人，诗的创造却绝不可以个人模仿集体。

或者说，诗可以穿越时空去逐渐化大众，而绝不可做当下的大众化。因为正是这种疏离与超越，决定着诗人存在的价值和言说的质量。

63

诗所企及、所深入、所敏锐肯定的东西，常常是大众话语所欲使之被忘却的东西。无论时代将大众的感知疆界推移到怎样的范畴，诗人都只可能是这疆界之外的言说者。

64

写诗是个简单的事，弄得太复杂就没了意思。

这句话的潜台词是想强调心性的自由，思、言、道和谐贯通自然生发，而不至勉强为之，成了纯技艺的经营。

这句话还可换个说法：写诗是个复杂的事，弄得太简单也就没了意思。

这样说是反过来强调，凡写诗的人首先要尊重诗，有虔敬之心，不要玩诗。

65

诗歌及一切艺术创造的本质在于自由的呼吸。

无论是迫于权势（主流话语的宰制）、钱势（商业文化的困扰），还是纷乱的时势（变革思潮的冲击），一旦失去创作主体的本真自我，呼吸不自由了，创作便会变质——或变成他者话语的投影与复制，或流于丧失根性的空心喧哗。

66

想来古人写诗、为书、作画，无论名家还是学手，其发生之初，必是出自"自得"而乐，然后才可能想到哪去示人以交流。及至交流时，或低吟慢捻，或展卷细览，也不过三两知己商量培养之事。按西人"接受美学"的理念，必也是以"自得"了之，无关乎正襟高调之"宣传"的——那时的社会，好在只有个人没有或基本没有"群众"，故也就没有"宣传"的角色等你去扮演。

67

"现代"以降，麻烦来了，要"启蒙"，要"新民"，要"配合政治"，继而要与"国际"接轨，转来倒去，总有一个预设的"宣传"姿态或"代言"角色，和那些要接受"宣传"与"代言"之对象的影子在那里等着你，故无论是从发生还是从接受来看，都再也难得"自得"之在，从而远离纯粹的真善美之艺术本质和艺术境界了。

68

身处唯时尚是问的时代，看似个性张扬，实是无性仿生。

诗的本质在于跳脱公共话语的驯化，重返生命本真，时尚正是商业时代公共话语的最大制造者。因此，当代汉语诗歌写作的首要命题是告别时尚写作，回归独立人格和自由心性，并重新认领诗的美学元素，以求在守护中拓进的良性发展。

69

音乐家瞿小松说"好音乐发于心，达于心"。好诗当然亦如此。

想起当年钱穆先生那段警世之言："古人生事简，外面侵扰少，故其心易简易纯，其感人亦深亦厚，而其达之文者，乃能历百世而犹新。后人生事繁，外面之侵扰多，斯其心亦乱亦杂，其感人亦浮亦浅。"（钱穆·《略论中国文学》）

"素心人"（钱钟书语）要"素心地"养，而今"人地两生"（夹生之生），何来好诗好音乐？！

70

当下中国诗歌写作与现实生活的关系实在是过于紧密

了，是以“闹”，是以“泛”，是以“轻”。

71

诗及一切文学艺术之“自性”的丧失，必然导致反“道”为“器”，君子转为小人，诗人转为“时人”，或可玩点诗的技巧或鼓噪点诗的运动、诗的虚荣，而诗心早已失矣——话语盛宴的背后，是人文价值的虚位和主体精神的无所适从。

72

一个有意味的间歇与过渡——不乏广大与生气，却难见精深与高致。

由时代的投影到时尚的附庸及时风的复制，没有边界的舞台，没有观众的演出——谁，是那幕后真正的导演？

73

在体制或时尚的“网络”上——作为介质化的网络或作为语境化的网络，诗，永远都是一只失效的鼠标。

74

而一切“网络”的存在与挑战，依然是一种“势”的层面的存在与挑战，真正自由而个在的诗人，还是要坚守于“道”的层面去思考去应对，或可葆有一己之艺术自性的“生命之树常青”。

75

身处今天的时代，让艺术气息和艺术语言亦即人本与文本，都能回归单纯，回归自得，回归“上游美学”，不但已成为一种理想，更是一种考验：平庸或超凡，端看是否过得了这一关。

76

诗的灿烂源自诗心的灿烂——自由，自得，自在，自若，元一自丰，无所俯就，而原粹粲然！

诗 体

77

在一个充满散文化、娱乐化气息的时代里，诗歌如何保持自己文体的边界和精神的尊严，实在是个有必要时时提醒的问题。

78

诗是从文体属性上就避免了一次性消费的高贵品种。

也即是说，非一次性消费是诗歌最根本、最基础的文体属性——这正是诗的骄傲，也正是作为诗人的荣幸。

由此我们重新理解到，何以称诗为“文学中的文学”。

79

什么都可以写，大概学理上还讲得过去，怎样写都行，却难免是个问题。新诗百年，匆促赶路，居无定所，怎样写的问题，一直是个挥之不去的隐忧。

道成肉身，文以体分，体式混乱无准，所谓诗的灵魂和精神，又何以沉着和深入？

80

我们每个人都活在“故事”中，何以还要有“讲故事”的小说？大概要的是小说的那种“说法”；小说之所以成为小说而不仅仅是讲故事的特殊文体的“说法”。

好的小说，故事、人物、意味之外，那语言也必是好的。在承载叙事、演绎情节、塑造人物的同时，作为其“介质”的语言本身，也有其独到的审美品质。亦即，“叙事”与“被叙事”一样，成为小说艺术审美的有机组成部分。

81

我们每个人多少都有过“诗意年华”的体验，何以要有

“诗”的存在？大概要的是诗的那种独特表意的“调调”；诗之所以成为诗这一特殊文体的“调调”。

诗的审美本质接近音乐，是对包含在诗性语言形式中的思想、精神、情感、意绪诸“内容”的一种“演奏”；好的诗歌不在于其演奏的“内容”为何，而在其“演奏”的独特风格与方式，让我们为之倾倒而洗心明道。

82

诗缘情，文以载道，关键不在要“缘”的那个情和要“载”的那个道，而是那种诗与文的“缘”法和“载”法。是以我们有了老子、庄子、孔子、孟子等先哲们，还得有屈子、李白、杜甫、苏东坡等诗人文豪们。

83

诗与其他文体的区别，在于其独具的文体特性。

在古典诗词中，这种特性比较明确：固定的体式，讲究平仄押韵，言志、抒情、寓意、情景交融等，在规范中较量才具的高低与见识的深浅，且有较稳定的、可通约的文化大背景做凭藉，写什么，怎样写，写得到位不到位，大家一看都很清楚——我将此种写作称之为“在家中”的写作。

84

在现代汉诗中，文体特性似乎越来越成为一种可意会而不可言传的东西:可意会的是种种说不清道不明的“诗意”“诗情”“诗味”“诗感”等,且众说不一;可言传的则只剩下一点,即“分行排列”,且只在“分行”,如何“排列”,也无定规。

写作者无“范式”可依,无“公约”可求,便完全返回自身,返回个在的对诗的认识,加之文化背景的变动不居和多元差异,写作遂成了一种失范的、同样变动不居的状态——我将此种写作称之为“在路上”的写作。

85

诗因诗人的特殊语感而生。

一时代之诗人的语感,必受一时代之语言形态所影响,进而再经由诗人们的语言创造,反过来影响一时代之语言形态的变化。这种相生相济的互动嬗变,在百年中国大语境下,无不和“现代”这一超级关键词息息相关。实际上,尽管我们一再将整个近百年的汉语新体诗歌写作习惯性地统称之为“新诗”,但同一指称下的“新诗”,无论是其“灵魂”,还是其“肉身”,早已大为不同。

86

对于包括文学艺术在内的百年中国文化进程而言,自由是无比珍贵的,也是来之不易的,我们不能没有自由,但今天的我们更要学会如何“管理”自由,有如我们不能没有真实但也不能仅仅为了真实性而放逐了诗性——诗形的散文,诗形的随笔，诗形的议论，诗形的闲聊，以及等等，唯独缺少了诗性。

87

时至今日，当多元已成为价值失范的借口，自由已成为不自由的焦虑，对“自由”的“管理”，便成为无可回避的问题——如何在自由与约束的辩证中，寻找新的形式建构与语言张力，遂成为“现代汉诗”命名范畴下，必须要面对的首要命题。

88

无标准，也无典范；无中心，也无边界；无所不至的话语狂欢，几乎荡平了当下生命体验与生存体验的每一片土地，造成整个诗性背景的枯竭和诗性视野的困乏。新人辈出，且大都出手不凡，却总是难免类的平均化的化约；好诗不少，甚至普遍的好，却又总觉得带着一点平庸的好——且热闹，且繁荣，且自我狂欢并弥漫着近似表演的气息，乃至与其所处的时代不谋而合，从而再次将个人话语与民间话语重新纳入体制化（话语体制）了的共识性语境。

而我们知道：个人的公共化必然导致个人的消失！

89

只要我们还在用体制化的语言和宣传性的心理在言说

（广义的“宣传”），哪怕是言说非体制性的生存感受，就依然只能是失真的言说和失重的言说；既难以真正说出存在之真实，又难以真正企及具有诗性意义的说。

90

古典文论中，有“质有余而不受饰”之说。汉语诗歌虽一直以“志”为“质”，但又总苦于“言不尽意”或“意不尽言”，遂借“歌”的外在之“饰”来力图完美表达其“志”。《毛诗·大序》曰：“诗者，志之所之也。在心为志，发言为诗，情动于中而形于言。言之不足，故嗟叹之。嗟叹之不足，故咏歌之。咏歌之不足，不知手之舞之足之蹈之也。”可见“歌”之“饰”于“诗”之“质”实为一体两面，不可偏废其一，关键要处理好两者之间的关系才是。

91

仅就诗歌文体之本质属性而言，完全脱离“饰”之增华加富及润化功能的所谓“质”的存在或者“真”的追求，是否还是“诗歌意义”上的“质”与“真”，也是一个绕不开去的问题。尤其是理想气质的缺失和抒情之美的贫乏，大概早已郁结为一个隐在的“诗美乡愁”，遥遥于新诗未来的期待中。

92

需要的是：在打理日常与梳理理想之间，在直言取道与曲意洗心之间，在“道”之言说与“形”之艺术之间，在想象世界的未知地带作业与真实世界的不明地带作业之间，以及在各种写作路向的探求之间，建立更稳健的平衡，以求在自由与约束的辩证中，寻找新的精神建构、形式建构与语言建构。

93

当代诗人过于信任和一味依赖现代汉语，拿来就用，完全置古代汉语于不顾，从而造成从语言形式到内容取舍，皆只局限于当下，局限于所谓“时代精神”和“时代语境”中。

由此可以说，当代汉语诗歌在未来的路程中，到底还能走多远，还能拓展开多大的格局，很大程度上将取决于是否能自觉地把新诗“移洋开新”的写作机制与话语机制，置于汉语源远流长的历史传统的源头活水之中，并予以有机的融会与再造。

94

我们经历了一个普遍放任的时代，因而，控制、提高和浓缩，便成为必然的重涉——对经典的重涉，对传统的再造：创造一种新的规则，并拥有号召力，而不是任何他者（西方的或我们前人）的投影或复制。

95

“滚动的石头不生苔。”（法国谚语）

居原抱朴——直到青苔慢慢重新长出。

诗　人

96

诗人是诗的父亲。

“一个诗人既然是给别人写出最高的智慧、快乐、德行与光荣的作者，因此他本人就应该是最快乐、最良善、最聪明和最显赫的人。”（华兹华斯：《〈抒情歌谣集〉序言》）

而“在艺术和诗里，人格确实就是一切。”（歌德：《歌德谈话录》）

97

在这个世界上，享有“诗人”的称誉，早已不仅仅是单纯文本意义上的认领，而更多是基于人本意义上的指待——最终，是一种可称之为“诗歌人格”的东西，及其所焕发的诗歌精神，感召并不断赢得普凡的人们，对这一过于古老的“语言艺术”依然心存眷顾和敬重。

98

诗之于诗人，不单单是一种语言艺术的文本化呈现，更是作为一个真纯的人文知识分子真实而自由的呼吸的通道，一种诗性生命的托付与精神守护。

正如海德格尔所言："全部的艺术，作为存在者之真理，本质上是诗。"（海德格尔：《诗·语言·思》）

99

世人将生活强行赋予某种意义——对于"人"这种"高级动物"来说，完全没有意义的生活是无法接受的。诗人则将各种社会学层面的意义，重新转化为"生活"——与灵魂、与记忆有关的精神生活。

这种转化的要义，在于将理念性的意义，还原为感性的意绪、意味、意象，即"性感"化的语言艺术。

100

诗人的生命形态与一般人的生命形态之不同，首先在于他是一个从"体制化人格"中跳脱出来，重新归属自我的人，具有不可重复、不可替代的精神个性，生活在自己选择的精神王国中，亦即不再是生活于他者的思想模式、概念范畴以及种种意识形态掌控中的人，具有独立与自由人格的人。

101

人之境界即诗之境界。人至何境，诗方能至何境。

是生命的质量决定了诗的质量，是灵魂的深度决定了诗的深度。

102

诗是诗人灵魂的显象。

这种显象，在一部分诗人那里，其主要的成分，是经由后天的借鉴、汲取与磨炼，所凝聚生发的诗与思之言说，其中无论是思的经纬还是言说的方式，都可考察到他者之思之言说的投影或再造，缺少来自自身生命的本源性质地。在另一部分即真正优秀的、所谓“天才式”的诗人那里，这种显象则呈现为一种德全神盈而自然生发的气象，有内源性的生命之光朗照其诗路和心路历程，其思与其言与其道三者圆融贯通，成为和谐醇厚、专纯自足的小宇宙。

103

诗人的存在有两种形式。

其一为诗性灵魂与诗的邂逅而形成一段诗性人生之美好回忆——作为本然生命的诗性居所；

其二为诗性灵魂与诗的融合而形成真实、纯粹、全然的诗性生命历程——作为神性生命的诗性归宿。

104

真正的诗人是整个生命与诗的彻底融合和完全投入，是圣徒般的虔诚与献身——在真正诗人的全部诗性生命历程中，他总是既作为“此在”又作为“彼在”，既是“家园”的构建者又是家园的永久性公民，以此来恢复诗人存在的真正意义。

105

真正诗人存在的使命，是作为精神的先知，通过对终极价值始终不渝的诗性叩寻，给日益物化和虚无的生存现实提供意义和慰藉、爱心和祈愿，最终给碎片似的今日世界一个精神整体的投影和神性的光明。

106

诗人本该是世界的大知者、大智者、大自在者，我们则更多的是一些小才子成就了一点小气候——这也正是当代中国诗歌以及整个文学界，很难长出几棵像样的大树、很难成为一片像样的大森林的根本原因。

107

呼唤诗人由本然生命的诗性冲动与邂逅而重返神性生命的叩寻与归宿，呼唤作为人类精神家园的诗歌重返崇高、神圣与纯正，是防止和消除走向后现代主义之后的现代汉诗向一次性消费趋滑的根本出路。

108

诗人是超越时代和地域局限的人类精神器官，而非时代与时尚机器的有效零件。在一个意义匮乏和信仰危机的时代里，诗人更不能沦为仅仅活在当下或与时俱进的"时人"，而要有重新担当起对意义与信仰的追寻和叩问的责任。

109

作为一个成熟的诗人，仅有本色是不够的，写作是一种拯救，这拯救不仅指向个我，更指向整个存在。今天的诗人，要有以思之诗的光芒朗照人类生存舞台并开启未来的"野心"，而不仅仅是作为个我的诗性居所。

110

金钱、物欲以及以视听文化为主导的商业文化的全面笼罩，已将纯正的诗歌边缘化为一座孤岛，"守望者"的称号正成为这个时代对诗人苍凉的命名。

保持并不断拓展一个民族和一个时代中的诗性精神空间，以此抗衡原始本质和技术控制对精神的"钙化"，从而让生命得以新生与鲜活，让诗性灵魂得以洁净前行。

111

能自觉地表现出与商业文化不相容的精神姿态，才是真正纯粹的诗人、正常的诗人。

112

当代中国社会的急剧转型，制造了一个空前巨大而虚拟的“荣誉空间”与“交流平台”。

这一表面巨大而诱人的“荣誉空间”与“交流平台”，其实并非历史与现实的真实诉求。

113

当代中国诗歌界也难脱此俗——在虚构的荣誉面前，在浮泛的交流之中，无论是成名诗人还是要成名的诗人，都空前地“角色化”起来，乃至陷入角色化的“徒劳的表演”（陈丹青语），忘了作诗还是做诗人，都是这世间最真诚的事。

114

想到罗兰·巴特谈摄影的话：当我“摆起姿势”来，我在瞬间把自己弄成了另一个人，我提前使自己变成了影像。这种变化是积极的，我感觉得到，摄影或者正在创造我这个人，或

者使我这个人坏死。(罗兰·巴特:《明室:摄影札记》)

此便是“角色之祟”!

115

角色意识,角色化人格,所有的人,凡人或诗人,卑贱者或高贵者,一旦要面对某种角色的“召唤”或“诱惑”(摄影既是召唤,又是诱惑,看似邀约,其实带有强制性的意味),要“摆起姿势”时,都会于瞬间变异,“成了另一个人”。

对此巴特说得极为精确:尽管这种“角色”之“摆”常常是被迫的、强制性的,事后会有许多托词来解说,但进入角色的人为适应这种角色而做出的反应与变化却都是积极的。

当然,对大多数“角色”惯了的“角色们”来说,最终得到的肯定不是被“创造”,而是“坏死”——人格的坏死,乃至整个人的坏死。

116

设若将“摄影”置换为“权力”(镜头常常就透露出一种权力的意味),置换为“时尚”(时尚是另一种权力话语),置换为“虚构的荣誉”和“热闹的平台”,这个时代许多诗坛乱象的问题之所在,不是都昭然若揭了吗?

117

或许该提醒当下诗人们的是，在这个“自我推销”的时代里，如何克服“自我高度评价的愿望”（T·S·艾略特语），大概是个首先需要解决的问题。

118

最终的关键，如何“在自己身上克服这个时代”（尼采语）？

119

任何时候都不要忘记：诗以及一切艺术的存在，都并非用于如何才能更好地“擢拔”自我，而在于如何才能更好地“礼遇”自我。

120

“初恋”的认领：不管她是否不合时宜，只管倾尽热忱地去追求，有如香客，路就是庙堂，固执就是结果，收获的只是一片真诚的燃烧——这才是诗的真谛、诗的精神之所在。

在这样的“所在”中，“佛”和“基督”、“新约”和“旧约”、今人和古人、天才与凡夫都可以“殊路同归”。

这是生命的托付，而非角色的出演。

121

“常态”的认领：非实验、非先锋、非前卫、非一切非本真的角色，回到写作的本质、本源、本色、本根，由平常中见出不凡，由限制中争得自由，由守望中获取飞跃——关键既不在于怎么写，也不在于写什么，而在于写什么怎么写之中是否有自我的真心性，是否抵达生命形态与语言形态的和谐统一。

有此和谐统一，有此真心性，写作就脱身于功利的迫抑，化为常态，化为自由，化为从容，无论走在怎样的路向上，向上、向下、传统、现代，都可以走出一种风度、一种境界。

122

一般而言，男性写诗，除个别天才之外，大都是先从诗中（经由阅读、仿写等过程）发现了自己的灵魂所向而后进入创作；女性写诗，则大都首先是从自己的灵魂所向中发现了诗，然后自然而然地进入分行的记录而为诗。

这，大概是男性诗人与女性诗人、诗歌能手与天才诗人之间最根本、也是最让人沮丧的分野。

123

男性爱诗及艺术，常常会爱及其背后的什么东西；

女性爱诗及艺术，爱的只是其本身。

无论是女性诗人还是男性诗人，只要你坚持永远居住在诗歌的体内并成为其真正的灵魂而不是其他，你就会超越时代语境的局限而活在时间的深处，并悠然领取，那一份“宁静的狂欢”。

124

20 世纪的中国诗歌，是以拥有一大批优秀的女性诗人和她们的非凡作品而进入历史的，这是一个时代的伟大进步。

在一些特别优秀的女性诗人那里，不仅以其创作填补了诗性空间的另一片蓝天，而且在这种历史性的填补中，对诸如传统的“闺怨”情结、性别角色意识，以及耽于单纯的情感宣泄等可称之为“初级层面”的诗性言说，进行了自觉的反思与清理，并最终和那些卓越的男性诗人们一起，汇入对人类共同面临的生存困境和生命意识的诗性思考与诗性超越中去，从而使那片女性诗歌的天空，显得更为亮丽也更为深沉。

125

就一般印象而言，女性诗人的创作样态，多给人一种清溪奔快、小湖澄澈的感觉，少有江河奔流至大海的大气底蕴。

实际上，在相当多的女性诗人那里，经由一段最初的诗性旅途之后，确实常常会陷入一些困境：要么沉溺于精神上的“自我抚摸”，要么摆脱不了艺术上的自我重复，如湖泊般沉静封闭在那里。这是一个极有意味的现象，其隐含的问题需要我们从另一些女诗人那里去寻求解答。

126

实则无论是女性诗人还是男性诗人，其在艺术上的不断超越必有一个不断打开和拓展了的精神空间做支撑，精神空间不再打开或逐渐萎缩了，其艺术生命也必然随之委顿和锁闭。

而精神空间的打开和拓展，又取决于诗人生命意识的强弱和生命激情的涨落，说白了，亦即是否不断有生命的“痛感”迫使你言说。

127

生命之痛与生俱来，孩子出生的第一声言说是啼哭而非歌唱。是诗人，不是诗人，男性或女性，我们对人生的痛苦探测得有多深，便对生命的热爱有多深。同时也就对生命的意义理解得有多深。

人生来是完整的、个性的、自由的，人对外来的强制，命运的磨折，对不能自由发展自己以获得幸福的生存局限的反抗是天生的，且到了现代愈演愈烈。正是这种对生命之痛的不断追问和不断超越，才使诗人的言说成为人类存在之最本质的言说。

128

这样的言说，在一些诗人那里，可能仅只是人生一段“高贵的选择”，一段过渡性的诗化生活方式，或对青春激流的诗性回应。在另一些诗人那里，则是生命存在方式之不得不的归宿——生命之痛在他（她）那里如影随形，写作乃成为一种拯救。

这样的诗人若是女性，则必然会摆脱“清溪”“小湖”式的样态，由精神层面的不断超越而抵达诗学层面的不断超越，最终如那些卓越的男性诗人一样，呈现出一派大江长河般的诗性生命历程。

129

生命是一种偶然的给予。父母在偶然间给了你肉体。上帝在偶然间给了你灵魂。社会、文化、历史不管你愿意与否都要给你各种“角色”等你出演；现实的场景以及虚妄的欲求等等，无不给鲜活的生命暗自套上种种角色行头而迫使你就范、出场，不知不觉地演下去，直到你只是角色只是行头而不再是你自己。

人生有如舞台，我们生来就被迫（派定）或自愿（选择）在这个大舞台上出演各种各样的角色；心和脸分离，生命被逐步肢解……对现代人来说，面对远离自然、更加舞台化也更加角色化了的人生，选择生比选择死还要不易，选择在场比选择遁世更为艰难，更需要勇气。

130

问题在于:在这种既古老又现代且弥漫至今的“角色病毒”中,当普泛的人们已习惯于成为麻木的病者时,作为诗人的你,是否既不怕成为生命中一个偶然的存在者,又始终对角色亦即对生命的“出演”持有一份深层的警觉和断然拒绝,使这种“在”成为真实的诗性存有。

131

生命的存在(本真)和生命的出演(角色)应该是两回事,有如所谓的“创作”和真实的写作是两回事:写作是本真生命的自然呼吸而成为一种私人宗教,创作则是角色生命的出演而成为一项所谓的“事业”。

整个中国大陆现代新诗潮的进程,多见于角色生命的出演而难得有本真生命的自然呼吸。无论在男性诗人或女性诗人那里,角色意识一直是个被暗自加强的东西,只不过在女性诗人那里表现得更为明显、更为特别,亦即多了一层性别角色而已。

132

诗性生命的最高层面应该是超性别、超角色的,由此才能触及到人类意识之共同的视点和深度,去“混沌”而真实地把握这个世界。

持这种视点和深度的女性诗人/作家/艺术家，无论在生命中还是在艺术文本中，都不再企求从男性话语场中找到一个支点，或者针对男性话语场为女性自身找到一个支点，亦即不再是以一个女人或假装一个男人去认识和思考人类，而是作为人类整体去认识和思考所有的男人和女人，作为女性诗人/作家/艺术家而又超乎女性立场的视野去表现男女共有的人类世界——生与死、苦与乐、现象与本质，以及未知的意识荒原与裂缝……以此逼近一种可称之为无性或双性的诗性生命本质。

133

人类的心脏是没有性别的，但具体到生命意识和艺术感觉，女性与男性还是有所差别。差别的逻辑前提是：一般而言，女性似乎总是比男性要更“观念化”亦即更“他我化”（笔者生造的一个词，即以他者的存在为自我存在的前提）一些。这里的潜在原因，既有文化成因所由，也有女性自身的“基因编码”所由。

由此逻辑悖反而言，真正优秀的女性，也便比同样优秀的男性更本质、更自我一些——尤其是在生命意识和艺术感觉方面。

134

逃离角色就是逃离生命的“出演”而返回本真的“在”。

逃离不是消失，你仍然在场，因为在骨子里，对生命/生活的爱依然如火如荼，但这种爱必须是从自身出发，从自身血液的呼唤和真实的人格出发，超越社会设置的虚假的身份和虚假的游戏，剥弃时代与历史强加于你的文化衣着，从外部的人回到生命内在的奇迹——成为一个在场的逃亡者：作为生命/诗的在场，作为角色/非诗的缺席，以永远处于多向度展开的、诗性生命的途中。

135

退出角色便是退出至今困扰我们的二元话语场，去寻求另一种话语方式，乃至对所有既成话语范式、话语模式及话语权力的全面清理和重构；不再是哪一性别哪一类角色的代言人，而是真正个人/人类的独语者。

显然，在这种消解了“种种界限”的诗性话语中，一切矫饰的、伪装的、虚浮的、涂有性别色彩和角色情调的东西都必须剥离干净。这种“剥离”是严峻的，对于那些生命原质中本来就没有诗的诗人来说，剥离之后可能是完全的空无；对于那些生命原质中有诗的诗人来说，剥离之后则是更加的纯正与真实——客观、明澈、素直，非制作、非包装、非角色，而得超然自若！

136

在一个介质“本质化”的时代，所有的言说与书写（艺术的以及非艺术的），都难免有一个“他者”的深层次或潜意识存在，而左右甚至主导着我们，故此，“自若”一词，尤为难得！

137

中年午后，诗国行旅，读诗阅人，越来越心仪一句古语：至人近常。

至者，达，到达、通达，至深、至高而后化之，化为平常、日常，随心所欲不逾矩。其思，则自然生发；其言，则高僧说家常话；其道，则只在澄怀观照。如此思、言、道融会贯通，通达无碍，落于文本，必是铅华尽洗，清水出芙蓉，朗照人心而了无隔膜。

138

诗慰人生，也误人生。曾经的精神炼狱不说，单要做物质时代的“红尘道人”，就已属寓言意义上的矜持或曰矫情了。

不过，比起作为一件商品或一种符号化的存在，这种自我安适的寂寞之在，也不失为一种“被抛弃的自由”（本雅明语）。

139

故，今日为学问或为文学艺术者，要想脱出“形势”而潜沉于“道”，以求卓然独具，无非三点：一曰立诚；二曰自若；三曰“业余”。

诗人与诗

140

诗人大体可分两种：一种为艺术而诗，为诗这门特殊的“手艺”（语言艺术）而克尽创造性劳动之责的写作者，可称之为“诗人艺术家”；一种为人生而诗，拿诗这种形式来记录生命体验、生存感受和生活记忆的写作者，是大多数被称之为“诗人”的普泛存在。

读前者的作品，我们主要看他在“怎样写”；读后者的作品，我们主要看他在“写什么”。当然，优秀的、经典的作品必然是二者兼备的，但取其一而得其成者，已是超越凡俗而为“上帝的选民”了。

141

诗是诗人许予生命的诺言，并因此在这个欲望急剧物质化的时代里，认领一份寂寞的洗礼，且视之为不得不的宿命。

142

诗及一切艺术的存在，既不是宣泄苦难的简捷通道，更不是任何可借做他用的工具，而只是“安身立命”的一种“栖居”

方式——既是生命理想的仪式化存在方式，也是生存现实的日常化存在方式；我诗故我在，我在故我诗，我的创造诗意人生的行走就是我的家、我的历史。

143

对普泛诗人而言，爱诗，写诗，首先是一种生活方式。怎样生活，就怎样写作；怎样呼吸，就怎样歌吟。只是一种诗性生命之本能的需要，只是以一颗淡定、平常的心，经由诗人的写作，来守护尚残留在生命中的希望与梦想，进而再转化为自由精神和独立人格的个人化宗庙。

这样的写作，更多趋于精神向度的追求而非技艺性的经营，亦即写作的文本化过程，大多呈现为关于精神际遇的文字，而非关于文字的精神际遇，是以显得格外自在、诚实和素朴。

144

“储备整生的热量/只为了写一首让人寂寞的诗。”(洛夫诗：《杜甫草堂》)寂寞是大美，唯大诗人方可出入其内，领略与呈现这“寂寞之美”的真义。

145

艺术创造的存在，不尽是为了成名，有如树木的生长，不尽是为了成材。

小树可以长成大树，或就那样小小地成就为一片小的风景；而所谓的“雕梁画栋”，则已然是无生命呼吸的标本展示了。

故，无论古今，所有真的、好的诗与艺术，皆生于修行，而非造作和经营。

146

诗人的存在，本质上是个人性的，非“独立之人格，自由之精神”，难以达到真正意义上的“登堂入室”。

这个“堂”是艺术殿堂，这个“室”是思想密室。也就是说，真正的诗歌写作，是个人担当精神和超越气质的结晶，是其生命激情与艺术灵感的个人性产物。尽管这种个人性不免要受到世道人心、时代风尚等文化语境的影响，但具体到运思及落于文本的过程，应是完全独立的，自由自在的，以个人的真情实感为基点的——由此生成的诗歌艺术，也才谈得上是现代人之独立人格、自由精神的获救之舌。

147

一般来说，诗歌本是生命郁积或生命热情的一种宣泄，有如水之源泉。但这并非单指生命力的强弱，而主要是说一位诗人对自身生命以及整个人类生命存在的感悟能力之大小。即或是那些甚解文字之玩法，且又继承了前人大小思想的智人学者，若缺失对生命本体的参悟能力，也是与诗无缘的。

148

诗是社会不变的那一部分，诗也是人心不变的那一部分。社会会为诗的写作提供一些新的话题，但不会改变诗人原初的诗心。

在成熟的、优秀的诗人及艺术家那里，个性与独立性是天生的，是天性使然，走到哪里、在哪个时代都不会丧失的。

149

真正的诗，只属于小众，不可度量的小众，并希望以小众之诗去化大众之识。

真正的诗人所关心的，是写作中的状态而非写作后的命运，是作品的诗学价值而非社会价值。

——因为他们知道：写给时间的诗与写给时代的诗，是不一样的。

150

所谓“自在”。

自在的人一切自然，过日子自然，写诗也自然。“自然者为大美”，中国传统文化谱系中向来讲这个理。

这理无异于天理：你看天公造物，即或是石子小草也难找出一模一样的，各自自在生色，感动人情。只有人会造些不感人的东西，譬如砖头（以及地板砖等），制作得再精致，也不可审美，因为它不自然。

151

诗及一切艺术，但凡能进入自然而然的一种境界，总能出好作品；或许才情所限、遭际所困，不能企及经典，却也不失真品质，无涉伪诗、伪艺术。

152

艺术是文化心态的某种外化。

从文化心态来说，古人讲究要归于“淡”（淡泊明志），归于“简”（生事简而心事素），归于“自然”（自然生成，不著刻意）。而现今中国诗人及文学艺术家们，总是妄念太多，无论是沉溺于技法，还是偏执于观念，都充满了功利的张望，难得自然生发，或能张扬点外在的美，到底不能持久感人。

153

自由之思想，自在之精神，自得之心境，自然之语境，合为“自若”，方得以“形神和畅”——这是中国艺术精神的要义，也是汉语诗歌气质的本源。

154

我们强调了那么多年的所谓诗歌的“思想价值”和“社会价值”等等，却也与世道人心的改变并无多大作用，以至于连诗人——这个社会群体中原本该是最少功利之心、经营之心而最为本真、纯正和可爱的一群，如今却也大多反“道”为“器”，转而为“时人”“潮人”乃至“小人”，转而为自以为是、自我膨胀、自娱自乐的“诗歌共同体”，或可玩点诗的技巧以沽名钓誉，而诗心早已远离纯粹的真善美之艺术本质和艺术境界了。

155

从发生学的角度而言，诗的写作从本质上就决定了它必然是以最少的语言表现最大沉默的一种言说。

这里的“少”有两层意思：一是说出来的“少”，二是“少”说。

156

当下诗人们的问题正在于，他们在这两种“少”上都没有意识，反而比着看谁说得多，说得啰嗦——尽管他们从来也不承认这种啰嗦是啰嗦，且拉来所谓“叙事”和“口语”为由头做幌子——把酒兑成酒水或干脆就是自来水，管饱管够不管味道如何，只要有量在，以便混个脸熟，或及时扬名。反正只是活在当下，管他身后如何。

157

“话要想着说，不要抢着说。”这是老年月里老百姓常提醒的一个理。

现而今，无论是“老百姓话”还是“诗话”“文艺话”等，皆是“抢着说”而少有“想着说”的了——整个时代话语场成了一个争先恐后“抢着说”的大“秀场”，谁要是还沉着气“想着说”，准会被新人类新先锋讥刺为落后。

158

端起架子写诗，摆起姿态做诗人，今日诗坛有如战场，功利迫抑下，成名诗人紧张，未成名诗人更紧张，实则是针尖上的角斗，自个做自个的“假想敌”。

诗多好诗少，诗人多好诗人少，量的堆积，野草的疯长，大都成了一时过客、一次性消费的物事。

当今中国诗歌界，真该大力提倡一种优雅的诗歌精神才是。

159

在一个无标准无重心的时代，只有个人才具所提升的艺术自性，方能在诗歌美学的实质性拓展中，起到关键性的作用。

而当外部世界变得越来越驳杂越来越混乱时，单纯的言说就显得尤为重要而令人眷顾；在今天的时代，无论是作为文本的存在还是作为人本的存在，“单纯”都不仅仅是一种稀贵的美学气质，更是一种难得的美的力量。

160

回首 20 世纪中国新诗，山回路转，潮起潮落。近百年，加入这创世般的滚滚诗潮中者，有如过江之鲫，不可胜数。而尘埃落定，我们发现，太多的仿写与复制，以及工具化、庸俗化的背离，使新诗作为一门艺术的发展，始终失于自律与自足，难得有美学层面的成熟。我们有太多或浅尝辄止、或执迷不悟的写诗的人，而缺少艺术与精神并重的诗人艺术家。

161

一部诗的历史，是由大诗人和小诗人以及无数诗爱者共同造就的，但真正奠定这历史基础并改变其发展样态的，是那些富于原创性的，既拓展了精神空间又拓展了审美空间的杰出诗人——因了他们的存在，历史方有了稳得住的重心，而新的步程方有了可资参照的坐标与方向。

162

诗人以及一切文学艺术家，都是不合群的狮子、老虎或野狼，有各自的艺术立场和艺术志向，不可能就具体的什么达成一致明确的意见。诗人的责任只是写好诗。今天的诗人甚至照样可以去写古体诗，只要你写得好，写出了前人古人没写到的妙处、高处，也是尽了一份诗人的责任。

163

当代诗人的写作，似可分为“瞬态写作”与“终生写作”。

前者系诗性生命历程的瞬时记录，随缘就遇，不着经营，或断续持之，或勃发而止，每有闪光之作，但难以形成大的局面，产生经典性的影响。后者则是持之一生投入的创造与归所，有方向，有规模，吐故纳新，融会整合，重拓殖也重收摄，不仅个在风格鲜明，且有一定的号召力，对诗歌艺术的发展多少有所推动或拓展。

164

无论“瞬态”还是“终生”，关键在于投入创作时的那一份心态、那一种心理机制，我常将其简化称之为“呼吸”。无论因为何种原因，呼吸不自由了，谈“瞬态”或“终生”都无意义。

165

对成名诗人的定位，我向来持三种尺度：重要的、优秀的、既重要又优秀的。

从中国特色的文学史及诗歌史的角度去看，许多优秀的诗人并非重要；从纯诗学的角度而言，许多重要的诗人又不尽优秀。真正既重要又优秀的诗人，是那些既以自己的诗学观念对诗歌艺术的发展起过重要的开启与推动作用，又以自己的诗歌写作之质与量足以自成一家而影响于后来的诗人。

166

一切诗人和艺术家的成熟，不在于其能力的成熟，而在于其方向的确立，它是一位诗人有创造内力的表现。

由此而成就的作品，也必能深刻而独到地勾画出诗人所生存的那个时代的精神特征，从而取得超越其时代的意义价值；同时在这种"勾画"中，存有不同于他人的、且经得起时空打磨的语言质素，亦即以特有的专注深入语言并最终形成诗人独在的诗性话语方式，以此取得他跨越时代的艺术价值。

167

真正优秀的诗人，常常是第一个、也是第一次说出那从来没人说过的"那句话"的人——那句如先民最早命名世间万物时的话，并且，一经这样的说出，别人就不必要再说什么了。

168

不管现在还是将来，真正能进入历史的诗人，是不能仅凭一时狂热而短暂的投入，所能成就一番诗的事业的。

换一种说法：在你最终的“投入”之中，是否开启而且凝定了你所选择的诗歌艺术空间，并且成为独立的、自足的、完整而恒久的存在，而不是某一潮流或观念脆薄的投影，甚或只是“青春期诗恋症”的匆促划痕。

169

作为一个现代诗人，“说什么”总是次要的，所有思想/命题的推绎只能归于语词的推绎、形式的推绎。

形式翻转为内容，并和内容一起成为审美本体的有机组成部分，是现代与传统的根本分界。但与此同时，将形式翻转为内容后，进而抽空并替代内容，成为唯一的审美本体，也正是一部分走向极端的所谓先锋与实验性文本的根本问题之所在。

换句话说，仅有语言才华的诗人，只能成为一个玩诗的诗人；仅有情怀的诗人，也只能成为一个借诗抒怀的准诗人；只有二者的有机融合，方能成就杰出的诗人。

170

凡文学艺术之创造，大体不离以探索而求创新和以守成而求经典两个路数。

前者的主旨或核心价值，在于为艺术发展提供新的可能性路径；后者的主旨或核心价值，在于为艺术发展提供经典化路径。

171

“可能性”不等于“经典性”。

当代诗歌及艺术界唯创新是问，其实多以浅尝辄止，或成了西方观念的皮毛演绎，或沦为各领风骚三两年的角色出演，少有将“可能”真正再冶炼为“经典”的。

172

探索不易，守住探索中所得的一点与众不同的个在发现，将其扩展并稳定为一种有方向性的创作，进而成规模、成重心而高标独树，更其不易。

或许需要提倡一种“现代版的传统文人”之风骨和静气，潜沉修远，孜孜以求，方有大成于未来。

173

新诗发展到当代，渐趋成熟，有了一些可通约的共性，创作也便呈多层面的展开，不再一味求新求变。

如此，一部分诗人为不断提高新诗的艺术品质，探究其新的生长点与可能性，坚持前卫性、实验性的写作，从而使尚且年轻的新诗之进步，有持续前瞻的牵引力，以拓展新的艺术天地；另一部分诗人则吸收已然为创作与欣赏均普遍认同的诗歌质素，落实于整合性、常态性的写作，使新诗的总体发展，有一个坚实的基础，以稳固并丰富其已有的成就。二者只是路向不同、使命不同，只要是本质的行走，姿态之高低皆为次要，关键在于是否忠实于自己的气质。

174

凡将人生导入诗歌艺术之途者，或有异禀，或有诚心，二者持其一，均可入道。

不同的是，异禀者入道易而守道难，恃才自傲，随性由情，或有成就，也多为瞬间辉煌，难成大的格局；诚心者入道或难而守道则易，知难而进，不骄不躁，磨砺既久，得功夫也得领悟，自有渐进的收获。

前者乃诗之浪子、诗之情人，为生命之华彩乐章；后者乃诗之香客、诗之信徒，为安妥人生之不得不的归所。

当然，也有二者兼具的，那便是上帝的宠儿了。

诗歌语言

175

诗是语言的艺术——这句话说了等于没说，因为所有文学都是语言的艺术；

诗是近于音乐也近于雕塑并多少能对存在给予重新命名的语言艺术——这句话说了也接近于没说，但不妨照此思路说说看。

176

诗的实现首先是生命意识的内在驱动，是自由呼吸中的生命体验与语言经验的诗性邂逅，但其落实于文本则最终是语言的实现。

诗由语言之体和精神之魂合成其作品生命。写诗即是由诗人之生命体验与语言体验、生存经验与写作经验的有机融合而至文本化的过程。

177

现代人类本质上是一种语言的存在，并且大体上都是一种被“体制化”、被“通约化”、被“公共化”而成为类的平均数式的存在——现代诗就是给这种“存在”之所开门、打天窗，或许再放置几面诡异的镜子。

故，诗人必须回到“语言之源里饮水”。（瓦雷里语）

178

现代诗的实现首先是语言的实现。

改变语言惯性就是改变一种生存以及思维惯性，从而导引出新的意识、新的精神空间，逃脱总体话语对人的囚禁与驯化——这是现代诗的本根，更是现代诗学的出发点。

179

语言，正是对语言以及语言问题的高度敏感，成为现代诗歌写作的关键理由，或者，再加上一点思想的“惊扰”；而思想在现代诗人这里，正如罗兰·巴特所言：是由词语的偶然组合得来的，进而“带来意义的成熟之果”。

180

诗人的精神向度和语言向度，有如一枚银币的两面，应是和谐共生的。诗的言说（语言）如果同存在（体验）相背离，诗人的体验则将被扭曲而失真。

为此，一切真正有大作为的诗人，无不以建构与自身天性和生命体验相契合的话语方式为己任。

181

诗由语言生成，诗人之魂终要经由与语言的遭遇而附体成形。而每位诗人在此遭遇中，对语言的选择和重构，皆取决于他不同于别人的心境；有怎样的心境，便有怎样的诗境。单就艺术性而言，诗人与诗人之间，最终的差异亦即其艺术特质，皆由其作品的语感与语境差异所定，且由此定风格、定品位。

182

语言既是给定的，又是生成的；既有能动性，又有遮蔽性。语言的意义在于它的使用，有多少种用法，就有多少种语境、多少种意义。这“用法”，在诗人这里，就是“语感”。有无特别的语感，已成为识别现代诗人写作好坏良莠的首要标志。

正是语感，将这一个诗人与另一个诗人区别开来，将一个诗人与一群诗人乃至一个时代的诗人区别开来。是不同的语感区分了不同的诗人，也区分了不同的诗歌写作。杰出诗人的不可模仿性，正在于其独在的语感。

183

真正诗性的语感，是社会学话语向诗歌美学话语的奇妙转换，是知识话语向生命话语的奇妙转换。

在这种转换中，原本生硬僵死的语词，像被涂上了一层超现实的清釉，出现了一种被雅克·马利坦称之为的“诗性意义”（区别于概念的、逻辑的意义），从而也就给由这些词构成的现实予以了新的指涉与命名，带给读者一种提升了的认识与被重新洗亮的视觉。

184

如此生成的诗歌话语，不但以诗的方式对时代的文化状况和心理状况做出了更深层次的介入与指涉，同时以这种个性化的语感，参与了现代人感知方式和表意方式的重构，从而也就有效地改造了我们时代的诗歌语境和精神语境。

185

有如我们是被偶然间抛入到这个世界上来的一样，我们也同时被偶然间抛入了这个给定的语言环境。在我们使用它之前，它已存在了，涵纳着前人、他人的智慧，又暗藏着这智慧无意间构成的陷阱。在它的生成发展过程中，不断被古人、前人、文人、圣人、高人、凡人、智者、庸者以及外来者填充进无数的理念、概念、观念、俗成约定之念等“硬物”——沉淀、钙化、累积；定义、定形、定势，渐渐失去它原初的命名性和鲜活的能指性，成为“语言结石”和“语境范式”。

语言的问题首先在于语言传统，即由语言的给定性而致的语言的遮蔽性。诗人要创造他自己的语言，必须经由对语言的去蔽而致敞亮，而后去探寻和建构新的语言途径。

186

每一位优秀诗人对诗歌语言的创造都有他自己的切入口。这其中，或许有三点是基本趋近的——

其一，要与诗人的语感天性相契合；每位诗人的气质、修养、心性等精神内存，都先天性地决定着诗人对语言的潜意识选择和取向，即诗人照他的本性说话；

其二，要与诗人对存在的感知方式相契合，使之处于一种直接而适切的关系中，可诉诸此时此地的语境，自然而然并有所控制；

其三，寻找语言遮蔽性较小的部分予以重构和创新，同时注意吸纳新的话语元素。

187

既怀着敬畏之心去侍奉语言，与之交心，与之对话，潜心倾听语言在给定的面目之后，那隐秘的呼唤和提示。同时，又带着灵动之思去叩问语言，使之显形，使之变化，在去蔽而后敞亮之中，找到与你生存体验相契合的新的语素、新的语感、新的语境。

188

聚焦，收摄，内凝，朗现——回到肌质，抵达语言的原生状态和命名功能，在熟稔中敲出陌生，进入智慧的写作。

189

美国"垮派"诗歌代表人物金斯堡说过：跟缪斯说话要和跟自己或朋友说话一样坦白。

我想这句话是在强调一种"坦白"的诗歌立场，并非就指要说"坦白"的话。过于高蹈晦涩的诗歌，容易犯像庞德所比喻的那样：飞起来毫无着落。但今天诗人们的问题，尤其是那些过于依赖“口语”和“叙事”且只以日常为重的诗人们，却常常是有了着落而再也飞不起来。

190

口语鲜活、灵动、变化大、能动性强，且直接来自生活，比起书面语言（古典的和现代的），较少前人影响和理性所指，可称之为“活话语”。

叙述性话语则属于“结构性话语”，本身没有明确属性，易于解构、去蔽而后重铸。

虽然我们知道，没有哪种语言是先天性就具有诗性的，即或有，也正是现代诗所要警惕乃至要排斥的。但按照传统的说法，“口语”与“叙事”毕竟都是一种“诗性”因子含量较少的话语，若不借助和融会其他的诗歌元素，难以提炼多少真正深永的“诗意”——这是当代汉语诗歌，在“口语”与“叙事”泛滥且成为主潮后，需要重新反思之处。

191

口语诗歌容易上手，便于传播，有较强的亲和力与流通性，影响所及，导致大量的追随者簇拥在一个可诗性极为狭小的作业地带打拼，也难免带来大量的仿写与复制，从而很快出现严重的“族系”相似性和“同质化”的状况，并将个人语境与民间语境又重新纳入了制度化语境和共识性语境，造成普泛的同质化，而这本是引入“口语”与“叙事”策略的初衷所主要意欲反对的东西。

192

一般而言，口语的语态宜于“说”，不宜于“写”，很难拿这种语态去抒发情感经营意象，故要放逐抒情、淡化意象，拉来“叙事”为伍。而选什么样的“事”来“叙”，以及如何“叙”才是具有一定诗性的，又成为一个考验，弄不好就变为“说事”，变为日常生活的简单“提货单”，或现象碎片的简单罗列。

193

当下诗人趋之若鹜的诗歌“叙事”，其实大多只是指事、说事而已，看似真、似切、似实，以求反假、反妄、反虚，其实到了也只是见出那点“事”，仅作“记录”之叙，无德，无性，无生命。

194

真正到位有价值的“口语诗”写作，是一种需要更高智慧的写作，也是一种更需要独在个性和原创力的写作。那种只图“轻快”和“热闹”的普泛的“口语诗”写作者们，却将“高难动作”变成了庸常游戏，将实验诗歌、先锋诗歌变成了大众狂欢，有趣味，没余味；有风味，没真味；随意宣泄，空心喧哗，唯以量的堆积造势蒙世，已严重危及到这一路诗歌的良性发展。

195

诗，是传统的还是现代的，是“先锋”的还是“常态”的，说到底还是要成为一种艺术。无论是“口语”还是“叙事”，都只是形成诗的可能要素，是形成诗要素的一部分表意方式。有人用这样的方式写成了好诗，有人则写成了庸诗坏诗，可见方式并不完全是决定性的因素。

创造性的诗歌写作，是一种生育形态而非生产形态。不是像工厂那样，引进一套新技术新设备新的生产线，就马上可以生产出一种新的产品出来。这似乎是一个常识，却总是容易被忽略。

196

是否可以探求另一向度的语言策略，以将“口语”与“叙事”的负面降到最低，使之发挥它真正有价值的诗歌美学作用——

其一，情感的智慧化（相对于情感的激情化）；

其二，口语的寓言化（相对于口语的写实化）；

其三，叙事的戏剧化（相对于叙事的指事化）。

三点可单项发展，也不妨融会打通，更希望看到那些出人意料的组合——集合了“口语”“叙事”“意象”等多种修辞策略的，有机而和谐的出色组合或叫作“雕塑”——语言的雕塑，诗的雕塑。

197

在这个一切都走向“不归路的时代”，语言上升为中心问题：于现代哲学如此，于现代诗学亦然。

现代汉诗的危机来自现代汉语的危机：以信息传递为主要功能的现代汉语，在本质上形成对汉字及汉语诗性运思的一种考验。而现代汉语诗人们也不可能转过身去，重返古代汉语的感知方式与表意方式。由此，如何在新的语言困境中确立新的语言立场与语言向度，遂成为一种挑战。

198

语言是存在的家。所有有关“文化身份”“文化乡愁”及“精神家园”之类所谓“现代性”的问题，其实都是语言的问题。

但语言毕竟不是铁板一块，而是一个不断变化和生成发展中的活生命体。有如我们人的生命历程，既有先天“基因编码”之规定性所限，也有后天“养以移性”之创造性所变。诗及一切文学艺术的终极价值所在，正是在语言的规定性和发展性之间，起着保养、更新、去蔽、增殖而重新改写世界的作用。

199

由此我们可以给诗下这样一个定义——

诗是经由对语言的改写而改写世界、或者改写我们同世界的关系的一次语言历险与思想历险。

200

与语言约会，与智慧言欢，与远方的朋友或自我的沉默部分对话，是现代诗歌写作的本质所在。在这样的写作面前，那些为追求功利的激情和不朽的欲望的写作，都顿时显得黯淡无光。

201

最终的问题是：在全球一体化的今天，何为“汉语的”存在之家？

我认为，必须重新确认“汉字”这个“家神”的存在，才足以真正安妥我们的诗心、诗情及文化之魂。而这个“家神”，自现代汉语以来，尤其在新诗中，实在与我们疏远太久了。

新　　诗

202

新诗是一个伟大的发明，也是一个伟大而粗糙的发明。

新诗新了快一百年，是否还可以像现在这样新下去，确实是一个该想一想的问题。

203

“知常曰明。”(《老子·道德经》)

新诗的“常”在哪里？不知。

不知则无以明。故新诗百年，从创作到理论，说来说去，怎么说，都是一本糊涂账。

204

新诗是移洋开新的产物，且一直张扬着不断革命的态势，至今没有一个基本稳定的诗美元素体系及竞写规则，变数太多而任运不拘。当年作为形容词的“新”(以区别于“旧体诗”)，今天已成为动词的“新”，新个没完。

是以有关新诗的命名，也不断翻新，变来变去，以致边界迷失，中心空茫，标准无着，本质匮乏，唯观念欲望上的标新立异张扬浮躁——由清明的新，到混乱的新，由新之开启到新之阻滞，不得不百年回首，对“新”重新发问。

205

新诗是一次伟大的创生。是新诗让中国现、当代诗人找到了表现中国人自己的现代感的言说方式。作为敏锐、轻捷、灵动和超验性的新文学品种，新诗已成为现代意识和现代审美情趣在现代中国传播和高扬的最主要通道。一切有关美学、哲学、文化的先锋性命题，无不率先以诗为载体而折射，并做超越性的实验和导引。这一先锋意识，已成为中国新诗发展中熠熠闪光的深度链条。但这种言说要成为一门成熟而精到的艺术，恐怕还得走很长一段路。

关键在于，如何走出“他者”的投影，重新认领“自我”的根性，从而不再重复“见到作品却品味不到诗”的遗憾。

206

新诗是一个新的起始。现代汉语造就了现代中国人，我们只能用它来言说我们的“现代”，舍此暂时无路可去。

问题是，这个“新的起始”是以断裂与革命的方式得来，而非以修正与改良的方式衍生，其立足处，是否就根基不稳？

207

新诗之“新”，比之古典诗歌的“旧”，看起来是外在形式的区分，实际上是两种不同诗歌精神亦即“诗歌灵魂”的分道扬镳。

尽管，当年胡适先生确实是经由诗的语言形式方面为新诗的创生打开的突破口，但不要忘了，包括新诗在内的所有新文学的发生，从一开始就是一个“借道而行”的产物，本意并不在美学意义上的语言、形式之“道”的探求与完善，而在借新的“思想灵魂”的诗化、文学化之“宣传”，来落实“思想启蒙”与

“新民救国”之“行”的。

208

推动新诗发生与发展的内在心理机制之根本，是重在“思想灵魂”而非“艺术形式”，由此渐次形成的新诗接受与欣赏习惯，也多以能从中获取所谓“时代精神”的回应为标的。这也便是新诗百年，总是以内容的价值及其社会影响力作为压倒性优势，来界定诗歌是否优秀与重要的根本原因。

而新诗的灵魂也确实因此得以迅速成熟和持续高扬，乃至常常要“灵魂出窍”，顾不得那个“肉身”的“居无定所”了。

209

先是要“启蒙”，要“新民”，要“配合中心任务”，要“反映时代精神”等等，继而要与“体制”抗衡，要与“国际”接轨，要与“网络时代”相协调等等，转来倒去，总有一个预设的“角色”与“姿态”在那里守候，或总有一种“历史位格”与“主流方向”等非诗学的外部引力在那里牵扯，因而一路走来，多是以“道”求“势”，“势”成则“道”亡，循环往复，唯势昌焉。

210

受此影响，每一时代之新诗发展，总是随潮流而动，借运动而生，导致诗人主体“自性”的模糊和诗歌艺术“自性”的丧失，有心无斋，“与时俱进”，遂成时代的投影、时风的复制、时尚的附庸，乃至连“多元”也成了一个价值失范的借口。

沿以为习，大家都在“势”的层面踊跃而行，疏于“道”的层面潜沉修远，也便每每顾此失彼，或将“后浪推前浪”变成“后浪埋前浪”的“格式化”程序，唯“创新”为是，唯“先锋”为大，难得“传承有序”及“自得而适”了。

211

在“西学为体，中学为用”的现代汉语语境下谈“创新”，总体而言，是否基本上都只能是一种模仿性创新或创新性模仿？

这样的大哉问，于现代汉诗也不例外。

212

新诗及与其开启的新文学，自发轫之时便被“借道而行”所累，加之百年来新诗诗人所面临的现实问题确实太过纷繁与沉重，故唯现实主义和现代主义为首要取向，也是情理之中的事。

但诗的存在，毕竟还有它非现实性的一面。古人谈论诗书画之雅俗问题，常常将过于切近现实之作归之为“俗”，即在强调艺术的审美功能和超现实性。百年新诗，人学大于诗学，观念胜于诗质；每重“直言取道”，疏于“曲意洗心”，一直是个悬而未决的大问题。

213

新诗移洋开新，本意在思想启蒙。前期多求时代之“真理”，当代多求日常之“真切”，唯以“情生文”为要，一直疏于对诗体之“文”、诗语之“雅”的“商量培养”。

要说真，人世间莫过于一个“死”字，人人明白的真，却依然人人都“伪”美着活下去——可见“真”不如“美”，虽是哄人的东西，却是实实在在陪着人“伪”活一世的东西。故许多“真理”都与时俱“退”、与时俱寂灭了，唯诗、唯艺术，万古不灭。

214

新诗的灵魂（诗心、诗性）已渐趋成熟，新诗的肉身（诗形、诗体）还处于生长发育阶段，远未成熟。

因此，就前者而言，可以说新诗已形成了自己的、足以和古典诗歌并肩而立的传统，自由、灵活、宽广，于求真求新求探索中不断发展的诗歌精神的传统。就后者而言，新诗还无法证明自己有何可作为其标准与典律性的传统，而这，正是当下和未来的诗人们必须面对的历史使命。

215

新诗的诗性，从一开始就完全不同于古典诗歌。时至今日，诗是语言的艺术，语言是我们存在的家，“诗歌是语言的如何说的历史，而不是说什么的历史”（于坚语），几乎已成为一种常识为人们所普遍认同。但落实于具体的诗歌写作，在年少的新诗这里，却总是以“说什么的历史”带动或改变着“如何说的历史”，“灵魂”扯着“肉身”走，变动不居而无所不往。

这里的关键在于，百年新诗所处历史语境，实在是太多风云变化，所谓“时代精神”的激烈更迭，更是任何一个历史上的百年都无法比的，以至回首看去，百年新诗历程更像是一次“急行军”而难得沉着，更遑论“道成肉身”式的自我完善。

216

近一百年间，新诗在社会价值、思想价值、生命价值及新的美学价值等方面，都不乏特殊而重要的贡献，唯独在“语言价值”方面乏善可陈。

换句话说，新诗百年的主要功用，在于经由现代意识的诗性（其实大多仅具“诗形”）传播，为现代中国人的思想解放和精神解放开辟了一条新的道路。但解放不等于再生，真正的再生，还得要回到语言的层面做更深入的探求。

217

新诗以胡适“诗体的大解放”为发端，且以“白话”继而以“现代汉语”为“基底”，以“启蒙”继而以“时代精神”之宣传布道为“激点”，“作诗如作文”，“作诗如说话”，只重“情生文”，无视“文生文”，一路走来，“与时俱进”，直至当代诗歌之“口语”

与“叙事”的泛滥、“散文化”及“跨文体”的盛行，除了无限自由的分行，再无其他诗体属性可言。

218

新诗百年，虽有创世之功、造山之业，但具体到阅读，总是有诗多而好诗少的遗憾，读来有意思（意义、思想之意思）没味道，或者说是没了汉语诗质的味道，难以与民族心性相通合，这大概是大家公认的一个问题。

219

实际的情况我们也可以看到，有关历史的反思、思想的痛苦、真理的求索、现实的关切、良知的呼唤等等，在新诗的发展历程中并不缺乏，且一直是其精魂所在，甚至可以说无所不在，但何以在国民的教化与人文修养方面收效甚微，乃至即或有问题，也反而常常要去古典诗歌中找答案、找慰藉呢？

220

读古诗文，仅从语式语态而言，多是“商量培养”的感觉。而读现代汉语之诗之文，尽见真理在握而欲指点江山的戾气。

221

新诗大体是“时点（时代）记录”，读古典诗歌，到常常见得所谓“时空穿越”。

古诗中有千古，方能传千古，与尔同销万古愁；新诗多活在当下，故总难免随“时过境迁”而失效、失忆、失传。

222

新诗之大弊，在“道”有余而“味”不足——“味”淡了，那“道”之质，也就日渐淡薄不存了。

常听诗歌爱好者说新诗有意思没味道，其根本原因，概源于此。

223

现代中国人已经被现代汉语所造就，我们再也难以重握“那只唐代的手”，但身处今日时代语境下，在现代性的诉求与传统诗歌血缘的传承与发扬之间，能否寻找一些相切点，以提供新的语言体验与生命体验之表现的可能性，以再造一个与我们文化本源相契合的“精神家园”呢？

224

语言是存在的家。我们照“他者”的图纸造了“自我”的家，住了一百年，似乎已住惯了。无传统成了最大的传统，无风格成为最后的风格，再经由教育注塑、驯养对位，早就“反认他乡作故乡”了。

只是独静处时，总有词不达意、言不由衷、“生活在别处”的憾意。

225

有如成长的法则不能替代成熟的法则，年少的新诗之过渡性的唯新是问，也不能因此就“过渡”个没完。

新诗无体而有体：各个有体，具体之体；汇通无体，本体之体；本体不存，具体安得久存？

这是新诗一直以来的隐忧。

226

百年中国新诗，要说有问题，最大的问题就在于丢失了汉字与汉诗语言的某些根本特性，造成有意义而少意味、有诗形而乏诗性的缺憾，读来读去，比之古典诗歌，总觉少了那么一点什么味道，难以与民族心性通合。

227

由此形成了三度背离或转型（相对于汉诗语言的根性和古典诗质而言）：

其一，对字、词之汉诗诗性思维基点的背离，由汉诗传统中以字构（炼字、炼词）、句构（炼句）为重转为以篇构为重，忽略“字斟句酌”之功，缺乏“诗眼”的朗照，以至脸大眼小，面目模糊，难得眉清目秀之美；

其二，对汉诗语言造型性审美风范的背离，唯言志载道是问，重意义而轻审美，导致普遍的粗鄙化和愈演愈烈的散文化；

其三，对“天人合一”的背离，重于时代/社会之维而轻于时间/自然之维，变“家园”的追寻为“漂泊”的认领，虽影响于当下，却难潜沉于未来。

228

汉语文学自古便离不开文字，离开字词思维，就没有了根本意义上的文学思维。也就是说，汉语是包括发声的“言”和书写的“文”原道共融、和谐而生的诗性话语，文字是其根本、其灵魂。故汉语诗学向来就有“情生文”与“文生文”两说。

229

新诗引进西语之逻辑语法、文法，过于讲求因承结构，不得已而先求篇构，再求词构、字构，只要谋篇有成，谋不谋词、字便成次要。今日又迫于求更新的“新”，复引进“叙事性”“口语化”“小说企图”“戏剧因素”等等，实则都在谋篇上下工夫，以补因字（词）构、句构的缺乏所导致的文采之不足。如此看似扩展了新诗的表现域度，但却再度将语词深陷于结构的拘役，不得自洽自明自雅致，是以滞而板、呆而木、繁冗而散漫，背离了汉诗之美的本质属性。

230

汉字书法,“以形载象,以象载意,以意载韵,以韵载道”(雷铎:《饶宗颐书法展》序中语),方得以“一笔细含大千”。

此中的关键在“以韵载道”,即载“道”之“形”之“象”的“韵味”如何？书法如此,汉诗亦如此。

故,新诗比之古诗的根本落差,既在“道”之浅近深永,更在“韵味”之多与寡。

231

明人画家有一言:不懂诗人,不能写画。

此言作当下解有二:其一是说中国画是“写”不是画,区别于西方意义上的“绘事”;其二是说中国古典诗歌处处是“带着画的”(饶宗颐语)。此第二点借来反思新诗,实在是点明了新诗的“软肋”:有理趣而无画意,也就很难说什么微妙高华的意境了。

232

诗的发生,多起于诗兴。

古诗起兴,既生于“情”(“情生文”),亦生于“文”(“文生文”);心动(缘情言志)而发为“词”动,落于文本,由字构而词构而句构而篇构;先由妙词佳句起兴,再牵引相互字句生妙意成奇境，发为新的生命，所谓“语不惊人死不休”。

新诗起兴，多以“心”动为止（且是已被“现代汉语化”了的“心”），由情感而观念而主题，重在“情生文”，疏于“文生文”。落于具体写作，重篇构、重意义，而少佳句、弱意境。

233

新诗以无限可能的自由分行为唯一文体属性，其根由源于失去对汉语字思维、词思维之诗性基本元素的约束，过于信任和单纯依赖现代汉语之“通用语言机制”而放任，看似自由，其实反而是不自由——写来写去，分（行）来分（行）去，只是一点点“同一性差异”；从分行等外在形式层面看去似乎千姿百态、千差万别，其实内在语感、语态、语序及理路与品质并无多大差异——无数的诗人所作的无数诗作，都像是同一首诗的复制，或同一首诗的局部抑或分延，结果难免“彼此淹没”。所谓“人各为容，庸音杂体”。而“独观谓为警策，众睹终沦平钝”（钟嵘·《诗品》《诗品序》）。

234

失去汉语诗性修为与文采美感追求能力的当代诗人们，遂二返西方现代“翻译诗歌”的借鉴，拿来小说、戏剧、散文及随笔的情节、人物、戏剧性、理性论述等“他者”元素，来“开疆拓土”以求新的“新”。而问题是，如此拿“他者”彩头充门面的事，是否到了只能是更加“降解”了自身的本质属性而导致诗体边界的更加模糊？

235

在新诗一路走来的各个阶段，从创作到理论，始终没忘记强调“两源潜沉”，但实际的情况却总是偏重于西方一源，或者说是由翻译诗歌主导的发展模式。

故，只要新诗还以“新”为使命，只要新诗还依然过于信任并一味依赖现代汉语式的写作，而忽略对汉语本根之字词思维亦即汉字的元素参照，就永远处于被“危机”的追问中。

236

百年新诗，轰轰烈烈，但到今日读“旧诗”写“旧诗”的仍大有人在，甚至不少于新诗人众。不是人家老旧腐朽，是留恋那一种与民族心性通合的味道。新诗没少求真理、启蒙昧、发理想、抒豪情、掘人性、展生命以及今日将诗拿来见什么说什么，但说到底，比之古典汉诗，总是少了一点什么味道，以致只有自己做的饭自己吃，难以作心意去招待人。或时而产生一些“直言取道”的精神感召和思想震动，却也与世道人心的根本改变无多大作用。

237

新诗以“启蒙”为己任，其整体视角长期以来，是以代言人之主体位格向外看的，可谓一个单向度的小传统。

其实人（个人及族群）不论在任何时代、任何地缘，都存在不以外在为转移的本苦本乐、本忧本喜、本空本惑，这是诗歌及一切艺术的发生学之本根，一个向内看的大传统。新诗百年，基本走的是舍大传统而热衷其小传统的路径，是以只活在所谓的“时代精神”中，一旦“时过境迁”（包括“心境”和“语境”之迁），大多数作品即黯然失色，或不复存在。这是新诗至今没有解决好的另一个根本问题。

238

一人，一族，一国，一时要发愤图强，必是于斯时斯地先堵了一口气、进而再赌了一口气起而行之的。如此，生志气，生意气，生豪气，也必不可免携带生出些“戾气”来。此一“戾气”，可谓百年中国之时代“暗伤”与国族“隐疾”，发展到今天，无须讳言，从庙堂到民间，教养的问题已上升到第一义的问题——此一要害问题解决不好，必然是谁也过不好，也必然难得长久之好。

“戾气”何以消解？唯有以“雅气”化之。而这“雅气”，从古至今，汉语文化中，总是要诗文来负一点责任的。

239

众所周知，古今汉字文化圈，连一片茶叶，也可由“药用”而“食用”而“心用”，终而达至“茶道”之境，洗心度人，功莫大焉。

反观烈烈新诗，却由最初的“药用”（启蒙）到后来的“时用”（反映“时代精神”），便一直停留在与“时”俱进之“势”的层面，难以达至“雅化”之道的境界，显然，其内在语言机制和心理是大有问题可究的。

240

好在“汉字”还在，不管承载汉字的“介质”如何变化，只要是汉字的“运行”，其“同源基因”的存在可能，就不会完全消解。关键是，如何在极言现代的喧嚣中，静下心来去认领这样的“同源基因”，以此为现代汉语的“思”与“诗”，拓殖新的“增长点”，以及新的运行格局。

241

中国有句老话叫“安身立命”，身即形，无定形则无以立命。

新诗百年，至今看去，仍像个游魂似的，没个定准，关键是没有“安身”；只见探索，不见守护；只求变革，不求整合；任运不拘，居无定所，只有幽灵般地“自由”着。

如此“自由”的结果，一方面，造成天才与混子同台演出的混乱局面，一方面，是量的堆积而致品质的稀释。

242

表面看去，新诗在今天是空前普及空前繁荣，实则内里是早已被淘空了。

只见诗人不见诗，到处是诗没好诗，已成一个时代的困窘。有如我们身处的文化背景，看似时空扩展而丰富了，实际是虚拟的所在，真正导致的却是时间的平面化、空间的狭小化，以及由此而生的想象力的弱化、历史感的淡化、生命体验的碎片化、艺术感受的时尚化……

风潮所致，诗也难免“在劫难逃”，何况本来就“身”无定所而“道”无以沉着。

243

或许当下时代的现代汉语诗歌，依然还是更趋向于多样性而不是完美，需要更长的时间来实现自己的潜能，甚而还包含着更多的没有开发的可能性。但必须同时提醒的是，在它具有最强的变化能力的同时，更需要保持一种自我的存在——本质性的存在。

244

新诗的变革空间，是否永无边界可言？在意欲穷尽一切可能的背后，是否从一开始起，就潜藏着一种“江山代有才人出”，不变不新不足以立身入史的心理机制的病变在作怪，以致猴子掰玉米似的，总是只剩下当下手边的一点“新”，而完全失去了对典律之形成的培养与守护？

245

现代诗本质上是“自由诗”。自由则生变,不变何来自由?但这种自由也许在某种有限度的约束下才会生发更有价值的成就,亦即只有具有一定约束能力的诗人才有权并更有效地行使这种自由。

246

新诗毕竟还年少,该给他一个伸胳膊伸腿自由成长的时期,过早的局限或修正,难免会遏止其多样的可能性。不管其艺术形式上有多少缺陷,新诗还是负载了百年现代中国人,尤其是中国知识分子最真实的言说和最自由的呼吸,当然,也同时埋伏了背离汉语诗性本根和民族审美特性的危机。

问题是,我们该在何种时空和语境下,来指认与解决这种危机?

247

经由百年来覆盖式的现代化注塑之后,我们陷入了双重的现代性焦虑:既怕失去世界,又怕失去自己——失去世界的自己是孤弱的,失去自己的世界是迷惘的。

当此关口,我们必须重新认识世界,我们必须重新找回自己。

248

使一切发生混乱的根本原因在于语言。

于是我们回到汉字来重新思考世界，思考诗。以此来改变我们的处境——不是改回去，也不是改到别处、他者那里去，而是改归汉字的、汉语的、中国的，超越了传统、现代以及未来而将其整合为一的。

249

诗的本质是对世界的改写——经由语言的改写，逃离普遍化词语的追赶，跳脱体制化语境的拘押，在时尚的背面，在公共的缝隙，写一行黑头发的中国诗，索回向来的灵魂、本来的自我！

250

“回家”是必须的，我们已离家出走得太久，以至已认这种“出走”为新的生存居所而不再有乡愁的烦恼，以至于让我们感到所谓“回家”竟有点“出家”的味道——而对大多数中国人而言，或就整个当代中国文化境遇而言，与现代化以及全球一体化的“热恋”，似乎才刚刚“入境”，又何谈“出家”呢？

251

最终，静下心来深入考察，当代中国新诗整体而言到底缺了什么？

一是缺乏更高远的理想情怀；

二是缺乏更深广的文化内涵；

三是缺乏更精微的诗体意识。

缺了这三样，再大的热闹也只是热闹，无实质性进步可言。

252

百年新诗的发展中，一直起重要影响和制约性作用的，有两个基本方面：一是文化形态，二是心理机制。包括对创作和研究两方面的影响。

也就是说，新诗在其发展中所不断出现的各种问题，有其先天性的“负面基因”所致，但更多则是后天的、外部的一些东西在起作用。前者尚可在发展中自我调节，后者则常常不易纠正。换句话说，新诗的语言问题既是先天“仿生”性之内在发生机制所遗传，也是后天“功利”性之外在发生机制所影响。

253

其实对这一问题的认识，一直以来大家都是明确的，只是新诗似乎太年轻，有太多的青春元素、激情力量和现实诉求蓄势待发，难以在“道”的层面潜沉以求，只能随时代变化而潮起潮落。

与此同时，也为那些真正优秀的诗人和优秀的诗歌写作，提供了“反常合道”以求本体显明和自性所在的空间，有志者自会上下求索而潜行修远。

诗艺散论

254

诗，就其生命含义而言，确实不是一门技艺，而是一种诗性生命与神性生命存在下去的方式。但就其艺术意义而言，又确实是一门技艺，一门可以使诗成其为诗而非其他什么东西的艺术。

255

当诸如“生命写作”等有关诗歌精神向度的“启蒙话语”，已普及到任谁都会喊几句的时候，对技艺的关注便上升到新的高度。

在大量完全无视技艺、不知诗体为何物的诗歌作品中，我们得到的只是些生命破碎的记忆断片与肤浅而无节制的流泻物，是没有孕育与生长过程的“水果沙拉”或“罐装食品”，是供一次性消费的诗歌快餐，经不起历史的汰选与时空的打磨。

256

所谓成熟诗人的成熟作品，或者说所谓具有专业风度的诗歌写作，其基本标准无非两点：其一，经由诗人的言说，他说出了一些为我们日常所忽略了的存在的秘密；其二，他的这种说法，为诗歌艺术的发展，或多或少地有新的开启或补充。也就是说，为诗的表意方式，提供了一点或更多些的新的说法。

257

任何目击到的事物，都有其不同的可表现、可言说的形式。

任何已可见的形式后面，都存在遗漏了的、新的表现与可言说的可能。

258

如何将追求情感以及精神和思想奇遇的文字（作为载体及工具层面的文字），转换为“文字的奇遇”（作为与情感以及精神和思想同构共生的文字）之追求，确乎是现代诗创作的不二要义。

259

诗的营造，乃“意造”——意兴，意想，意味，意思，意趣，意韵，意象，意蕴，意境，意旨，会意而得，意会而止，无“意”，“造”便只是造了。

260

真正到位的现代诗，其本质所在，大体如以下三点：

其一，具有独立的、自由的鲜活人格。作为超越社会层面的私人宗教，以本真的生命体验，深入时间内部、生存内部，开启新的精神光源，拓展新的精神空间；

其二，具有独特的审美体验。作为人类“最敏感的艺术器官”，这种体验是具有一定原创性意义的、不同于任何他在的，富于新奇感、惊异感、意外感，成为一次原发性的“灵魂事件”，于瞬间开启对生命与存在之特殊体悟；

其三，具有独在的语言质素。作为诗性文体的最本质凭恃，这种语言质素的要义在于：

(1)是恢复了语言命名功能的；

(2)是超语义的；

(3)是与精神同构而非仅作为载体的；

(4)是艺术性的而非通讯性的；

(5)是经由出人意料的组合而脱离语言习惯与语言制度的。

261

诗的品质不同，阅读的感受也自不同。

都是好诗，好法却不一样。有的读来如春风拂面，一时美好，过后则无着落；有的读来如惊鸿一瞥，印象深刻，记忆却并不久远。最难得者，是那种读时惊心，读后牵心，隔长隔短，什么时候想起什么时候依然动心的诗作，即或背不出原句，也能清晰地回放其中的核心意象与大体意景，且不断与之共鸣而不能释怀。

这样的诗，必然有其不同凡响的独到之处，从而或豁然开启了一扇久觅不得的经验之门（包括人生经验和审美经验），或猛然刺中了一处久痒而不得其解的体验之穴（包括语言体验和精神体验），是以感念至深，作经典留存。

262

写诗，作为一种语言艺术，其关键处，尚不在于你说的是什么，怎样说的，而在其说法是否有味道，尤其是你所操持的母语所特有的味道。味道隔，则一隔百隔；味道不隔，则其他的隔尚有化解的余地。

263

亲和性，不仅是古今中外大诗人、好作品得以流传再生的基本属性，也正是历经几番实验、先锋之拓殖后，渐次进入常态发展的现代汉诗所首先要解决的问题。

尽量降低阅读障碍，在字面上把话说明白，使之语境清明畅朗，而又不失字面后面无限的内涵，扩展文本外的艺术张力，从而让阅读成为快事，使品味更加绵长，这是大多数诗爱者普遍心仪的诗风。

264

古语讲：常人求至，至人近常。诗也是这样：常诗求至而至诗近常。

这里的“常”含有两层意思：一是寻常，本色、本真、不着迂怪、同中求异、从心所欲不逾矩，是一种风度，一种境界；二是常规，本质、本源、规律性、共认共守的艺术特质，所谓由限制中争得自由，由规范中见出生气，一种专业风度，一种化境。

265

真正优秀的诗人，总是能持一种守常求变的立场来深入诗艺的经营，在某种有限度约束下寻求创新的自由；这种约束看似消极，实则反而带有创造性和解放性。一味求新求变不求常，看似积极、自由，实际却隐藏了另一种不自由——心性的不自由，将革命弄成了目的，驱动转化为迫抑，为新而新，为变而变，“因变而益衰”（朱自清语），也就谈不上有“常”可守了。

266

一位诗人或作家，在他初始投入创作之时，遭遇的是怎样一种语境，常常影响到其后的创作觅向。

设若当时身处的语境，与其自身本源审美质素相契合，自是如鱼得水，本真投入；设若相反或不尽契合，却又因“时势”所趋而不得不趋之，则必然会夹杂着或多或少的“操作感”于创作之中。如此，对“根性”较弱的诗人，则最终会完全失去自我，成为一个时代之某一主流诗歌观念的脆薄的投影。对“根性”较强的诗人，虽不致完全背离个在的本源质素，但也必因之而经历较长的扭曲或分延的“变奏”阶段。由此创作心理影响下的作品，或也有精品力作，但细察之中，那种或隐或现的“操作感”总是难以消解的。

267

作为一个诗人，尤其是青年诗人，其创作大都要经历三种超越过程才能进入自由王国：其一，要及时地从“自慰式”的、“初恋”性的创作意识中超脱出来，进入自在、自重、客观的层次；其二，要及时地、从对前人、他人的“临摹”到“否定”中超脱出来，寻找到容纳自己提高了的意识和个性特征的新诗美；其三，在进入成熟期后，能及时地从创作意识中超脱出来，重返生命意识，让诗的创作成为一种血液的流动、生命的呼吸而不是其他。

268

文以气为主。

古今诗学，别的诗美元素及其取向尚常见争议，唯此一要义，向来无有歧义者，可见气之重要。

269

气可感而不可见，见的是文字，而字里行间，则有气存活流溢。无气的诗文，文字水平再高，也只能动“视”动“情”而难动心；一读之下，心血沸腾或启悟顿开而不能自已，必有真气、雅气、大气灌注于中。譬如女子，有色而无气韵，即现代人讲的气质，终只能讨得一时之喜而难得百日之好，讲究的人家，更是不屑一顾了。

270

艺术性格即艺术命运，文体局限即文体界限——界限加命运，即艺术风格之所在。

271

现代诗的生成，大体离不开“四象”之维：一为“意象”；二为“思象”；三为“事象”；四为“音象”。

四维所在，好诗安居。

272

诗是意象思维的结晶，意象是诗歌发蒙之根。

诗并非因为有特殊的话题要说，才开启特殊的说法，而是因为有特殊的语言感觉，亦即特殊的语言表意方式的诱惑，方说出那个特殊的话题——这一诗歌本质的核心属性，无论古典还是现代，大概都是首要之取。

273

诗是诗性生命意识的表征，所谓“诗言志”，有关“灵魂”与“记忆”的言说。（德里达语）

但诗是对思想的演奏而非演绎，即让语感代思想去寻找更深藏隐蔽的思想。故还得诉诸于“象”，是为“思象”。仅从发生学而言，也可等同于“心象”，以及一些诉诸于形象化或感性化的意绪、理趣与顿悟等。

274

诗同时也是生活事件的见证，所谓“诗言体”（于坚语），有关“存在之真”与“肉身之惑”的言说。

现代社会中人的生活和人的命运，无不充满了各种变数，乃至比虚构的文学还要富于戏剧性和故事性。加之物质世界的日益凸显等现实因素，迫使当代诗歌必须脱身单纯抒情的“精神后花园”，转换话语，落于日常，及物言体，引“叙事”为能事，拓展其表现域。由此，对“事象”的经营便发为“显学”，也便成为现代诗歌与传统诗歌最为不同的属性之一。

275

诗是有造型意味和一定音乐性的语言艺术。

汉语自“白话”起一直“现代化”到今天，确实已经和古代汉语分身为两个截然不同的语言谱系。新诗引进西方拼音语系的逻辑句法、语法及文法，导致诗思的开展，大都由篇构而句构而字构（与古典诗词刚好相反），字词皆拘泥于整体结构，是以大大削减了音乐性的存在。但一方面，现代社会的生活空间和话语空间充满了噪音，诗要从这噪音中凸现出来必然要借助于音乐性；另一方面，新诗语言“编码”虽越来越散文化，但也并未完全丧失其韵律基因，依然有发挥的余地。

其实，在新诗和现代诗的许多优秀作品中，都不乏音乐性元素的存在，只是已内化为一种语感中的呼吸——根据心境、语境、意境的不同，而呈现不同的韵律与节奏感。显然，这种现代“内化”性、潜在性的音乐感，已非传统诗学意义上那种可直接感受到的音乐性，故称之为“音象”。

276

古今好诗，尤其汉语诗歌，每一语词皆有其完整独立的生命，非依赖于结构而存活。是以古诗中有诗眼，有集句；现代汉诗中有可称之为“核心诗语”的东西。它们都是一首诗中的“眸子”，自明自足，既照亮其他部分，又可以脱离于原诗而抽离出来也足以独立欣赏。

277

诗不仅靠诗的结构而成为诗，诗还靠诗的语言而成为诗，靠语言的肌理、味道所生发的诗意、诗趣而成为诗。

结构属于散文的作法，有如搭积木；诗是水晶之物，是水晶的串连与集成。水晶打碎仍是水晶，积木推倒则一无所是。

278

好诗大多都有好“诗眼”。

眼睛是心灵的窗户，对审美交流与审美记忆而言，这“窗户”也同样重要。说起来似乎是老掉牙的诗美传统，但不该丢弃的到什么时候也不能丢弃。我们欣赏那些经典名诗，常常都是因了诗中那闪亮的眸子，被一下击中并永远地记住了这样的诗和这样的诗人。

好的诗句，精彩的格言，都具有特殊的增值效应，它不仅是它自己，它还带出其他的什么，产生无限的分延或晕染，这在好的“诗眼”中显得尤为突出。

279

诚然，在现代诗的广阔视野中，格言或“诗眼”的确只是惊鸿一瞥，不值得小题大做。若要为追求格言或“诗眼”而写诗，更是蠢材才会干的事。但在不失原创和个性的前提下，顺畅自然地带出这漂亮的一瞥，朗照全局，又何乐而不为呢？

280

格言、警句、箴语，本来是古今诗歌一个很好的传统，它既是一首好诗中的亮点、核心或关节，自明自足而又照耀与支撑整体，更有给阅读者亮眼提神的审美效应。只是一方面被浅情近理的伪哲理诗搞坏了名声，好像写诗就只是为了“点睛”而连龙都画不好；另一方面则被这些年所谓的“能指”“所指”闹得有所妙指也不敢指了，造成一个长久的误区。

其实即或在先锋诗歌中，好的、真正具诗性意味而诗思独到的格言也并不坏事，照样起核心与关节的作用。甚至，真是由现代意识和现代诗美情趣合成的、水到渠成而天成自然的格言诗，也为何不可登现代汉诗的大雅之堂呢？

281

假如我们能拨开虚妄与膨胀的迷雾，静下心来回顾一下，这多年集结于各类选本或进入批评家视野被奉为好诗佳作中，究竟有多少可铭记传诵，或至少在记忆的回放中，能大体涌现其基本的意境、核心意象和关键诗句呢？恐怕不会太乐观。

这其中当然有各种原因，但缺失对诸如核心意象和警句格言的提炼，也许是不大不小的一个问题。

282

简约，自由，合心性，是汉字文化及其艺术的精义，也是汉语诗歌最根本的语言传统。

283

诗的简约之起码要求，不仅是对语言的高度浓缩形式，以合乎文体要义，也是对生命体验的高度浓缩形式，以免于成为公共话语或体制话语的平均数。

在这里，简约已不只是语言品相，更是一种精神气质。

284

强调简约，当然不是强调诗行诗篇的长短繁简，而是说要讲究语言的质地和表现的强度，别太水，太绕弯子，以至散漫无羁而致乏味，尽量以最少的字来聚敛并表现最多的含义与韵味，以有限浓缩无限。

285

简约，精练，以一当十，这是作诗的基本功，也是诗美的基质，尤其是汉语诗歌。

汉字，汉语，是天生写诗的活字妙语。其中的好，关键在一个“简”字与“活”字。陈丹青说:“中国文字的好,是一个字当一个字用。”(陈丹青:《谈话的泥沼》)深得“简”之理解。

286

汉语诗歌之“简”,既得于“天生”,也得于“锻炼”。要“炼”,则必得“洗”。洗是减法,古诗深得此要义,惜字如金,为的是守住那个减法,不敢轻易去加之。新诗用的是加法,思维上是发散的、外张的,语词上是累积的、叠加的,生怕说不够,看似丰富,内里却已空泛。

洗尽铅华,方见本质。本质弱化或遮没了,外在怎么折腾,也支撑不起真正的诗美。

287

精炼是诗歌文体的基本美学特性,而这一特性在当代诗歌写作中,正成为需要特别提醒和加倍守护的底线。叙事成了无鱼之网,口语成了无网之鱼,空而散漫着。实际上,诗人的语言才华,正是在简而不是在繁上方见高低,这不仅是一种美感风范,更是优秀诗人的一种素养所在。

我们有太多的诗人说了太多的废话或呓语,忘记了用最少的语词和尽量简约的形式改写世界的诗人,才是好诗人。

288

从古到今,就一般阅读层面即纯欣赏性而非研究性阅读而言，长诗总没有短诗讨人喜好，留于人们阅读记忆中的，大都还是精短有味的作品。窃以为，也只有在小诗、短诗创作上，才能见出诗人语言才能的真功夫。

把诗写得更精炼些，把长诗写成短诗，把短诗写成“现代绝句”，省了别人的时间，也省了自己的力气，多好。

289

几乎所有成熟的诗人，都有过创作长诗的梦想。

不过，现代汉诗是以现代性为精神底背的，而现代性的一大显著特征是破碎性——人成为多种文明形态的混合，成为不确定的、分裂的碎片。从这一角度而言，“碎片”成为最真实的所在。以一体化的完整结构和序时性的宏大叙事为本的传统长诗写作，在这个碎片化的世界里，常常会显得头重脚轻，无所适从。

一些诗人由此热衷于所谓组诗的写作，其实依然有一个预设的一体化的结构框架在，有时甚至免不了复制，亦即只是用一组诗在那里写一首诗而已。

290

以碎片的形式表现碎片的本质，关键在于要断开宏大叙事的逻辑结构链条，让语词成为自主的要素，肌理不再屈从于脉络，核心意象独立为自明的主体，无须承担对辅助部分的照应，而智力的深层结构隐而不见，大量的断裂与空白透露一种意味深长的沉默，离散的视点，随遇而安的结构，真正的自由，自由中更真实深切的抵达——由碎片而整体的抵达。

这是另一种“长诗”写作的梦想，这梦想一直吸引着有作为的诗人们。

291

上个世纪 90 年代后，叙事作为一种修辞策略，迅速由先锋诗歌蔓延至整个诗坛，显为新贵。但在大多数诗人那里，叙事成了一具空网，只见脉络，不见肌理。语词不再是鲜活的生灵，而沦为叙事结构的奴仆。这不但有违汉语诗性的本质，也大大削弱了诗的表现力（尽管也扩展了一些诗的表现域），写诗成了说事，陷入了日常叙事的泥沼（尽管“日常”那里也不乏诗性的存在）。

这里的关键在于，能否将日常叙事转化为寓言性叙事。

292

就诗乃至一切文学的本质而言，“寓言性”至今仍是一个更高级层面的美学价值追求。因为正是寓言性，使诗歌具有了将文学叙事提升到与哲学境界相邻的维度，亦即为历史和现实重新命名的高度。也正是这一高度，将优秀的、经典性的诗人与一般诗人区别了开来。

293

而“口语诗”，则是更大难度的一种写作，不能将其视为轻便的捷径;"口语诗"进门易出门难,出精品力作更难。这种写作千万不能"扎堆",一"扎堆"就露怯,就出问题。

294

转换话语,落于日常,以口语的爽利取代书面语的虚浮,以叙事的切实取代抒情调式的矫饰,以日常视角取代庙堂立场,以言说的真实抵达对"真实"的言说,进而消解文化面具的"瞒"与"骗"和精神"乌托邦"的虚浮造作,建造更真实、更健朗、更鲜活的诗歌精神与生命意识,是"口语诗"的本质属性。

295

这里有一个误区一直被疏忽:当诗人们由抒情退回到叙事、由感性转而为理性、由主观换位于客观后,大都止步于由虚伪回到真实、由矫情回到自然、由想象回到日常的初级阶段,只求"还原"而忘了诗的本质在于"命名"。

换句话说,我们曾用各种虚浮造作的比、兴掩盖了存在的真相,现在,人们又只停留于还原真相,指出"太阳就是太阳"而不再深一步说什么。

296

在中国式的现实经验里,在现代性的语境下,质疑存在,追问真实,一直以来,都是先锋诗歌得以发生与发展的本质属性，也是其赖以高标独树的不二利器。遗憾的是，近些年来的先锋诗歌，正越来越沦落为一种姿态和标记，钝化、细琐化、宣泄化乃至游戏化，失去了它应有的锐气和力量，只有少量真正为自己负责也同时为历史负责的先锋诗人和他们的作品，适时填补时代的缺憾，让其重新拥有新的自信和稳得住的重心。

297

“先锋”一词，从一开始就包含了两种指涉：其一标示对立于官方主流诗坛而带有民间或独立个人属性的诗歌立场；其二指涉所有带有探索性、实验性的写作方向。前者后来渐渐演变为一种姿态，乃至在不断的“pass”式的运动中，转化为先锋诗歌阵营中自我对立的心理机制；后者则越来越变得边界模糊、标准不一，只剩下一个指向不明的空洞理念。且就探索与实验而言，也多强调了横向的发展（与世界接轨），而疏于对纵向深入的关注。

298

所谓“愤怒出诗人”，大概出的只是几句警句、格言、壮语，一时发聋振聩，与真正的诗境无涉。好像连鲁迅也曾反思说：峻急难成佳作。

真正诗的意境，尤其是其语境，到底还是松弛些的好，方有极大的“宽容”性，亦即有充满歧义性的联想地带。诗是开启，是邀约，而非强行给予。诗不在于已说出的那些语词，而在已说出的语词所引发的那些言不尽意、未说出的部分，在语言之外沉默的部分。没有这一部分的存在，松弛而宽容的“空”与“无”的部分的存在，诗只能是即活即死。

299

现代汉诗在语境取向上，大体存在着两种主要类型：一是繁复/朦胧的美，一是单纯/透明的美。前者常因所谓“晦涩”“怪异”“看不明白”，为非专业性的读者所诟病；后者常因被误导为所谓“明朗”“平实”“浅显易懂”，为非专业性写作者弄变了味。

300

繁复/朦胧之美，来自对“意象化语言”的营造，注重经由密植意象及其附带的表现手法，增强语言的歧义性和张力感，运用得当，很有阅读冲击力与震撼性。但同时，也容易造成阅读的滞重感，局部张力的饱和与不间断的刺激，反带来整体效应的空乏，所谓“张力互消”，非不懂，而是“难以消化”。作为研究性解读是一回事，作为欣赏性阅读，就难免有些“隔膜”了。在一些非专业性写作者那里，更演化成一种矫情和伪贵族气，造成意象“肿胀”或散漫无羁，看似“繁复”，实则是混乱，一些碎片似的流泻和堆拥，自己心里没整明白，拿语言蒙人。

读者诟病，多因这些流弊所生，反影响了对真正到位的繁复/朦胧美的理解。

301

单纯/透明之美，来自对“叙述性语言”的再造，注重事象与意绪的诗性创化，简缩意象，引进口语，以“高僧说家常话”的手法，追求文本内语境透明而文本外意味悠长，有弥散性的后张力。读者很轻松地完成了阅读，却为阅读后所开启的诗意感悟久久浸染，欲罢不能，有绵长的回味和互动的参与感，所谓读者的“二度创造”。

302

“高僧说家常话”，首先得是“高僧”而非“家常人”，“家常”的是“说法”，“说什么”“怎样说”，骨子里却有极独到的选择。

303

单纯/透明一类语境的诗风，又可以“寓言性”“戏剧性”“禅意”分脉，是熔铸了中西诗质后，发挥汉语的特性，在现代汉诗中的有效拓殖。

至于一些普泛而庸常的诗写者，将“语境透明”误导为所谓“健康明朗”“贴近大众”，鼓噪出一些浅情近理的“流行诗”，轻消费，小情调，伪哲理，虽红火一时，其实什么也不是，更与上述诗脉风马牛不相及。

304

想到“现代禅诗”。

“现代禅诗”一路，主要看重其易于接通汉语传统和古典诗质的脉息，以此或可消解西方意识形态、语言形式和表现策略对现代汉诗的过度“殖民”，以求将现代意识与现代审美情趣有机地予以本土内化。

305

既是“现代禅诗”，骨子里便少不了现代感的支撑。古典的面影下，悄然搏动的，仍是现代意识的内在理路，只是这“理路”中多了几分“禅味”而已。

306

身处杂语时代，众音齐鸣，人心浮躁，谈禅无异与盲人说色彩，这也是现代禅诗清音低回、难成局面的原因之一。

实则小禅在山林，大禅在红尘，越是红尘万丈、时世纷纭，越是“禅机”四伏。而禅无功利，只在自明明人，其不无宗教意味的慰藉与托付，或许将为未来时代之信仰无着的新人类和孤寂怀旧的人们所亲近。

307

由生命诗学而禅思诗学，对真正到位的现代诗人而言，不是美丽的遁逸，而是“血的再版”（洛夫语），所谓借道而行，换一种方式观照人生，审视世界。儒家的热衷肠，禅家的平常心，在诗人这里，乃一体两面，相激相生，相融相济，于互证中见别趣，且潜在的精神底背，仍是现代人的生存体验与生命意识，只是别有通透，而非无所住心，是以称之为“现代禅诗”。

308

禅与现代诗，有隔处有不隔处，现代诗人栖心于禅，看重的是禅道、诗道皆在“妙悟”。妙悟于思，因隐而示深；妙悟于言，由简而致远。以此助现代诗思，而非以诗心入禅道，所谓用传统禅思之“皮”（“妙悟”之法之味）来包现代诗思之“馅”，这就从根本上弃绝了“酸馅气”，借道而行，同途殊归。

309

现代禅诗之“禅意”，是一种立足于现代生命象境和存在维度中的游心于意，与性空为本、以禅为禅而弱化、虚化生命诗意与生存追问的传统禅道，有着本质上的不同。

这种本于生命诗学的“禅化”，实则是对现代生命诗学的另一种“深化”或叫“澄化”。澄言以凝意，澄意以凝思；澄而不寂，静而不虚，“课虚无以责有，叩寂寞而求音。”（陆机·《文赋》）或许如此“澄”下来，“体内体外都是一片苍茫”（洛夫诗：《走向王维》），却有另一种目光和语感的生成，以此消解角色意识与语言困扰，复以超然心态和本初自性涉世入诗，反而对生命有着更全面的观照，对历史有着更强烈的敏感了。

310

说“西部诗歌”。

何谓“西部”？何为“西部诗歌”？何谓真正的“西部精神”与“西部美学”？这些人云亦云大家都常挂在嘴上说习惯了的词，其实就其学理性命名而言，实在太多混乱和歧义。这其中，尤其以长期占主导地位的所谓“主题性”和“采风式”两个路数的创作理念与作品，所产生的负面影响最需要反思。

311

在“主题性”和“采风式”两路创作中，要么是虚假矫饰的“翻身道情”“改天换地”“新人新家园”等泛意识形态化了的“西部风情录”，所谓“现实主义”的“历史叙事”；要么是唢呐、腰鼓、黄土地，大漠、孤烟、胡杨林，以及高原、草地、雪峰、羊群、驼队、经幡等等早已被表面“风格化”了的、“泛文化明信片”式的空洞表现，且一再推为主潮，其实与真正的“西部”及“西部精神”根本不搭调。

312

仅就诗歌美学而言，真正的“西部精神”以及由此生发的“西部美学”之精义，可概括为三点：一是原生态的生存体验；二是原发性的生命体验；三是原创性的语言体验。

此“三原”体验，转换为诗歌话语表征，则应该是人与自然、人与存在、人与命运之纯时间性（非时代性，所谓“新风貌”）和生命性（非走马观花，所谓“体验生活”）的一种更深层的对话，且是一种充满苦味、涩味和艰生味的对话，消解了主体虚妄和主流意识驯养，重返神性与诗性生命意识的对话。

313

在真正意义上的“西部诗人”之写作中，“西部”既不是什么题材与内容的特别所在，更不是什么“文化明信片”或“地域风情”式的特别所在，而是有关生存意识、生命意识、自然意识及审美意识的特别所在——生命与自然的对质，向往与存在的纠结，以及生存的局限性与企求突破这种局限而不得的亘古的渴望与怅惘，方成为“西部诗歌”的核心题旨。

314

在西部做诗人，最犯忌的是矫情，最可笑的是想象。在这里，自然已想象好了一切，天地有最真实的情感，只需认领，无须造作。

315

在“西部”这块土地上，诗，才真正是文学中的文学，成为最高的理想和最虔敬的追求。

这里产生的诗人和诗，或许不是最“先锋”的，但肯定有最长久的生命力。这里也许留不住人，但留得住诗，留得住天长地久的诗性与诗心。

这里是另一种意义上的存在——它存在着，不证明什么，也不收获什么。它只指出一种真实的存在，使灵魂不再逃避；它只展示一种原初的诗意，使诗神不再孱弱。它不以任何赞叹而增添什么，也不以任何诅咒而减少什么。它存在着，千年万年，从远古到今天，就那样存在着，并以它粗野的道路，以它哑默的黎明和它那毫无怜悯之心的黄昏，使你成为另一种人……

316

西部——天籁中的诗与诗人。

而天籁无“思”。天籁没有所指也没有意义，唯“空纳万境”，“静了群动”，唯“无邪”而“不言”。

317

说“旅行诗”。

旅行而诗，古已有之。借山水梳理心象，沿行旅鉴照愿景，物我互证，澄怀观照，于特殊时空了然而悟而洗凡尘、振灵襟、逸韵自适。“仁者乐山，智者乐水”，似已道尽古今“旅行者”游乎山水的意义。

故，即使进入现代诗领域，旅行诗也不乏诗人们的钟情，成为常在常新的题材取向。

318

人，总是要常常地羡慕鸟，羡慕鸟自由飞翔的风姿。

于是人便总是要常常走出现实的居所，对着天空和大地去想些什么……

其实我们每个人，生来都是想成为一只能飞的大鸟的，到了却大都长成了一棵树——与土地相连，与天空相望，做着飞翔的梦，却挣脱不了扎根的那方土地。于是眺望、倾听、回忆与思考，便成为“树之人”一生的精神维系，而这又统统与那个“飞翔的梦”息息相关。

319

当所谓“现代文明”以它“类”的力量，欲将我们化为它的平均数，亦即化为同一的经济动物、科技符号和社会机器的挤压物时，人们对个人精神的独立与自由呼吸的眷顾，便成为一个如影随形的“隐痛”。

人们最终发现，所谓“成熟”的过程便是自我迷失的过程，那些逝去的、本要告别的过去反成为亲近的吁请，而当下的此在，反成为异己的沉沦，于是，对“家园”的二度寻找，便成为现时代人共赴的命运——在一部分“诗人行者”那里，更是视“漂泊”为归宿，在行旅中换一种呼吸，或“交换流浪的方向”（郑愁予诗：《野店》）。

320

实际上，作为世界的漫游者和内心漂泊的流浪者这一诗人本质，在现代社会的生存语境中显然是愈加突出了。真正的现代诗人，无不怀有严重的“怀乡病”，无不深切地发现，对于一切具有独立之人格与自由之精神的个体而言，所谓的“家”的存在，已越来越成为一种“借住”，而行走的世界才是可以安妥灵魂的居所。由被迫的“逃离”到自甘认领的“漂泊”，正化为一种宿命般的力量，驱使他们频频上路，乃至不再抱有“回家”的希望。

由此，“居家”/“借住”与“行旅”/“漂泊”，也便化为互为“镜像”的美学功能，一方面以此鉴照和梳理“行者无疆”的心路历程，一方面也将“一路上的风景”，转换为情感的场所、灵魂的气候和诗性生命意识的“牧场”。

321

想到一个有趣的现象：在我的诗歌同行中，但凡他们要拿起画笔或端起照相机，进行“艺术创作”时，总会不约而同地趋于“抽象”或“潜抽象”（我生造的一个词）的理念选择，由此我只能推想，那是他们共有的“诗性精神”使然。

322

所谓“诗性精神”，其关键所在：思想历险与语言历险。二者合力，生发于诗人与艺术家之精神历程中，常常会导向超越现实之形而上思考与抽象性表征，衍生为“童心”与“哲人”合体，由“混沌”而“澄明”而复归“混沌”的话语谱系。

或者说，达至禅宗“在世而离世，于相而离象”的精神境界。

323

即或是现代乃至后现代诗的写作，其基本运思还是要以“意象”为重（包括“事象”化的意象），关键是如何“浓缩意象”——这里的“浓缩”有两个目的：一是“浓”，即加大意象的质量和自足性，使之饱满如实，圆润如珠，可谓大质量的、富有强度的浓缩性意象，以有别于泛滥于普泛诗人那里的，单薄、贫弱、缺乏独立内含的“絮凝性”（借用物理学的一个概念）意象；二是“缩”，即简约诗中的意象成分，使之不至过于密集而致“气氛浓烈，令人窒息”（痖弦语）。

我称这种意象为“晶体意象”：意象是自我满足、自我澄明的；张力直接产生于意象内在品质的放射中，不依赖于类似拼积木式的结构而产生，这种张力还分延于非意象成分使之诗性化。

324

读现代诗人之好诗佳作，常感其技艺超凡，尤其表现在——

其一，既注重一词一句的经营，又注重篇构之妙，让一首诗成为一件紧凑完整的织物，线索分明，缀饰有度。从字句的披沙拣金到句式的起伏回荡，都既具匠心，又显自然，在畅美的阅读快感中品味悠长的余韵；

其二，合理使用意象，在叙述性语式清清简简疏疏朗朗地娓娓道来中，于不经意处生发意象，辉耀全篇，使熟句（非意象语）变生，生句（意象语）变熟，张弛之间，挥洒自如而妙趣横生；

其三，多重视野的交叉运行，包括时间空间化，空间时间化，意象事象化，叙事理趣化，主客移位，虚实相生，明晰的抽象意义和含蓄的未限定含义互相交织，形成一种复合张力，深美宏约，有骨感而不失风韵。

325

说到底，对于真正独立而优秀的诗人而言，诗的“形式”亦即技艺意味着什么呢？

是自然，是水到渠成，是风的律动、树的呼吸、潮水的起伏，是那串“红玉米”就那么平平实实顺顺溜溜鲜鲜亮亮地挂在“记忆的屋檐下”，然后倾听“宣统那年的风吹着”（痖弦诗：《红玉米》）。

于是我们发现，在真正独立而优秀的诗人那里，对经验的整理和对语感（结构、形式）的呼求是同步完成的，是一种生成而非操作——或许一切都取决于心态：放松，洒脱，沉凝，自如地呼吸，倾听和述说。

326

最终，找寻汉语诗学（包括古典与现代）之根，找到三个关键字（词）：静、净、敬。

静者，虚静为本，安妥心斋；

净者，简约为本，净化心灵；

敬者，虔敬为本，提升心境。

327

而诗的语感之最佳状态，或可从"商量培养"一词中了然；

而诗的语境之最佳状态，或可从"悬疑"一词中悟得。

328

作诗，做诗人，要达至无所俯就、元一自丰而清通烂漫之境界，必成大光明相。

329

到了，还需给自个提个醒——

精神是"精神者"的事，不必让所有的世人都害上"精神病”;有如佛义是佛家的事,不必让所有的俗人都成为僧人。

天空的存在,只在不经意的凝望中,而得以一时天心回家,但回头还得向大地讨饭吃。

330

篇终,借笔者一首非诗非文又似诗似文题为《木心》的新作,或可做一个隐喻性的结语,且忝为余趣——

杜鹃枝上,蝴蝶梦中
要执着多久方能悟空?

植物的格言按季节生成
木质的纹理酝酿青铜之韵

最终,只有你自己的肉身
温暖了你自己的灵魂

也只有你自己的灵魂
最终,温暖了你自己的肉身

……一冬未下的雪
昨夜落下,寂寂无声

2014 年初春修订于西安印若居

下篇

无核之云——现代诗体诗话200则

1

诗意如灯
天心回家

2

生命的行程　需要
有一盏脚前灯——
思　是这盏灯的光源
诗　是这盏灯的光焰

3

有些秘密的踪迹
存在于时间之外
是诗的语言之灯
让它在一瞬间显形

有些神奇的感觉
存在于事物之外
是诗的灵视之光
让它在一瞬间永存

4

现实的白昼
物质的暗夜

以诗的虚无
给虚无的世界
一个有意味的
影子——

留给月亮去认领

5

落日与朝阳
生存与梦想
以及　记忆穿透
岁月的迷墙

星空依旧
醒来　别睡着
这里有扇窗口
诗的窗口——

“与尔同销万古愁”！

6

物的世界
是一种借住

诗的世界
方是永生

7

声音是向上走的
云烟是向上走的
心　是向上走的
诗　也是向上走的

“上”是什么？
上是轻
上是空
上是无

“上”对“下”而言
似乎什么也不是
但　“上”在着——

像那片只能凝视
而无法把握的
蓝天一样　在着

8

万物先于人类的诞生而存在
此“存在”即为“道”
——万物之生而生生不息的
“众妙之门”

时间先于人类的意识而存在
此“存在”即为“天”
——万物之死而死死相因的
“逝者如斯”

“天不变道亦不变”
生不变死亦不变
所变只是人类的
“思”与“诗”

9

天言不言

人言有限

“众妙之门”
何以为通
唯　诗之言

10

诗之言——
言人言之未言
言天言之不言
是谓“诗”

11

存在无言
存在只是在着

在者无言
言者已非真在

诗以语言为迹
而诗心本无言

——只求意会

会存在无言之境

12

诗是对世界的改写
诗是对语言的改写

13

人是语言的存在——
改写语言便是改写
我们同世界的关系

——在这种改写中
世界复归陌生
令人神往！

14

人 活在语言中——

与神的对话
我们从哪里来

与自然的对话

我们是谁

与人和社会的对话
我们向哪里去

诗　是与这三种对话的对话

15

语言是人的起始
诗是语言的起始

何者是诗的起始
曰:天地之心

16

天地之心——
乃先于可见之诗
而不易见之诗也

17

诗者——
为天地立心

为生命立言

“把无限放在你的手掌上
永恒在一刹那里收藏”

18

诗关人心
也关天心

人心为实
天心为虚

实据一物一时
虚纳万化之境

19

心语无语

语生云间
语生雨中
云雨之语
唯风可解

解与心知

20

诗志于道

道者——
宇宙之原生
世界之原在
自然之大魅
生命之大惑

21

诗据于德

德者——
种月为玉
润己明人
种玉为月
朗照千古

22

诗游于艺

艺者——
直觉体悟
混沌把握
有趣则兴
意会而止

23

诗之至者——

先听上帝讲话
再与上帝对话
复代上帝说话

——终然心会
和上帝一起
沉默不语

24

诗　是由混沌
走向澄明
复由澄明
走向混沌的

精神之旅

25

诗　不仅是
对生命存在的
一种特殊言说
也是生命存在的
一种特殊仪式

——在这种仪式中
个体生命瞬间澄明而自信
并　与神同在

26

诗是人世风景中
待填补的空白

诗是人性空白中
待填补的风景

27

“大漠孤烟直”

“大漠”者——
物质之漠
欲望之漠
精神荒寒之漠

而一烟孤直者
诗也

28

诗有三功
作用人心

一曰“静”
虚静为本
安妥心斋

二曰“真”
真诚为本
净化心灵

三曰“敬”
虔敬为本
提升心境

29

漂泊时代
何以为"家"?

"家"在远方
"家"在心中

"家"在自由敞开的
诗的呼吸里

30

与诗为伴
"乡愁"如梦

诗路即"回家"之路
——并暗自交换
流浪的方向

31

世界的虚假
在于语言的失真

生命的虚无
在于存在的失重

心灵与头脑
激情与智慧
以及诗性直觉的
纹理与射线——

在生命意识的最高点
聚合
绽放
第二次的诞生！

32

即或　没有现实人生的
苦难磨砺　那一颗
过分敏感的心灵
和　那一份
将一切都要看透的
目光　也同样会
逼临精神的悬崖
独自上升　或潜沉

便在内心的深处

有了一块　永远
只属于自己的荒原——

以梦喂养
以诗耕种

33

生命原本是一个错误
诗是对这错误的弥补

给生的苦乐
一种新意——

“在制作的人之上
还有一个
更高的种族”!

34

午夜持灯
以诗传心

扩展
生命的疆域

舒放
灵魂的歌吟

35

生命何其精彩
精彩里有诗

生命何其无奈
无奈里有诗

36

诗是追梦的云梯
诗是忧郁的容器

37

诗是欲望世界
之“林中空地”

居石梦云——
一朵野菊的
绽放与凋谢

以及，风的暗示……

38

生的乐趣　在于
美的照耀——

在失去季节的日子里
创化另一种季节
在失去自然的时代里
创化另一种自然

从时间的背面
进入另一种时间

始于诗性的自塑
终于诗美的动人

39

诗不单是生命的起始
也不单是生命的归所

诗是生命之展开
常在常新的过程

——通过这条路
我们才可能走到
神的所在之处

40

诗为小道
但有大涵
不可小着

一笔细含大千
诗之要义所在

41

什么是诗?
记忆和心灵

心灵是根
记忆是枝叶

当然还需要
一场润物细无声的
语词的春雨

42

只有语言——
作为存在的源头
为意欲“还乡”的
人们　系紧了鞋带
溯流而上　做一次
思之诗的跋涉

诗　自由精神
之个人宗庙
诗　个人语言
之独立领地

我看见　我体悟
我感发　我说出

43

诗之思
在于唤醒
语言的敏锐感觉

——在这里

语言被当作
具有自己法则
和自己特殊生命的
精灵　来
重新活过

44

诗到语言为止
诗到语言为始

恢复命名功能
重返生命初稿

自足的语言
可能的语言

诗由语言而生
语言由诗而生

45

切断语言的逻辑链条
便是切断
我们与世界的

逻辑链条——

“七窍”死
“混沌”开
开我诗性生命
本初自在

46

远离惯性
转换视点

聚焦　收摄
内凝　朗现

回到词根
抵达原生

智慧的写作——
于熟稔中敲出陌生

47

诗　站在语言的
起始处　方成为

有命名性的言说
原创性的言说

诗人　站在历史的
起始处　预先
领略了未来　又
重新发现了现实
方说出　别人
说不出来的“说”

48

语词的奇遇
思想的历险

一种在智力的
节日里　突然降临的
对生存的追问——

“天地眼”
“万古心”
或一声穿透大地的
诗意的叹息

49

诗有两只手——

一手伸向存在
存在之真实

一手伸向语言
语言之创新

50

用最少的语词
改写世界的人
才是最好的诗人

51

凡不可言说处
就保持沉默

凡保持沉默处
必有诗生焉

52

诗是生命孤独的言说
诗是生命沉默的言说

孤独中的狂欢
沉默中的奏鸣

53

“叩寂寞而求音”

诗　是对寂静的倾听
诗　是对沉默的回应

54

诗以沉默为本
不得已而说
说不可说之说

意在言外
言在字外

无字无言处
生诗意无穷

55

寂寞中捡拾的
记忆　有如梦的路
捡拾红颜的凋落……

诗　是偶尔的降临
也是与生俱来的期许

56

诗　只为自身
而流淌　有如
写给另一个自己的
暗语或傻话
在多梦的夜里
播撒如莲的心曲……

57

最原始的诗意
活在自然的深处

最长久的诗意
活在时间的深处

58

诗表达什么?
诗不表达什么

而诗何以存在?
在于“表达”之中

怎样的表达?
不为表达什么的“表达”

——改变语词的方向
获取另一种语言
和　精神的力量

59

“诗关别才”

“别才”者
语感之所谓

60

现代诗美
在新奇
在差异
在不是太熟悉
又不是太不熟悉的
文字的奇遇中
创造
语言的奇迹

61

诗乃“意造”

“意造”者
意象思维之所谓

62

瞎子摸“象”
明眼人画“象”
好猎人捉来一头“象”

天才与“象”为伍
并拥有一座
陌生的森林

63

心心相印
“印”在“象”中

“象”有意味
方生诗心

心以诗知
方为至知

64

“诗言志”
“文以载道”
诗文之根本

这“根本”
要生出枝叶
开出花朵
才算“艺术地”完成

65

诗以道生
道为诗之骨

道以诗生
诗为道之神

相生相济
骨重神盈

66

以道治诗
诗也朗照如月

以诗治道
道也明润如玉

67

拿诗说话
得以诗形

说诗的话
得以诗性

让诗说话
得以诗意

诗意之所在——
生命形态与语言形态
之　和谐共生
而　圆融贯通

68

诗　要能触及到人心
最柔软的部分

诗　要能触及到人心
最坚硬的部分

真情
真义
两个内核
一个肉身

69

文章千古事
真理一时明
诗为文章之根
故不刻求真理

诗只激活真理
并使之熠熠生辉

70

诗思之处诗不在
诗在之处诗不思

71

一切诗意
皆在诗句之无处
不在有处

空谷足音
无核之云

72

诗乃思之语
这句话是说——
诗是对思的演奏
而非阐释

诗乃物之意
这句话是说——
诗是对物的感悟
而非认领

73

诗不是传达
不是明确无误的
完整给予

诗是邀约
是不无歧义误读的
互动领略

74

写诗乃无序的暗示
而非有序的述说

读诗乃混沌的意会
而非明确的理解

75

思想　以
语言的逻辑
征服人

诗想　以
语言的鲜活
感动人

76

在诗的世界里
没有所谓的“道理”
只有所以然的“肌理”

——存在的过程
过程中的细节
细节里的体味与叹咏

然后成诗　成
灵魂中不可忽略
而坚持存在的
诗性的记忆

77

诗　并非是有
特殊的话题要说
才开启特殊的说法

诗　是因为有
特殊的语感魅惑
方说出那个
特殊的话题

78

以直言取道
叩问存在

以曲意洗心
润化人生

诗美要义
不二法门

79

有重的诗
有轻的诗

重　要重得
有骨头有肉
有风韵　而非
一块道学家
用来唬人的惊堂木

轻　要轻得
如一只飞鸟
而不是一根羽毛

80

负重而不失灵性
承美而不失心魂

——一片草叶的惆怅
悄然改变
大地的脉动

81

“人活一口气”
诗也活一口气
与血液共涌动
与生命共呼吸

没人气的诗
缺少人气的诗
只能活在纸上
剩下一点“纸气”

82

诗　要说一些
与众不同的“诗话”

诗　也要说一些
与众相通的“人话”

与世界混合为一
再从这“一”中
创造出另一个世界
——光辉而不实用

83

审美有疲劳
感动没有疲劳

审美的感动有疲劳
精神的感动没有疲劳

诗要感动人
须有外在之美
更须有
内在之情深

84

诗本神事
亦可日用

人是浊物
诗是清洁剂

85

是日常的生存肌理
留存历史的真实

是瞬间的诗性之美
遮挡永恒的死亡之吻

86

梦里有诗
诗里有梦
海水里有盐
夜空中有星

人间有童话
在遥远的地平线
心中的地平线
要又远又深

87

在华丽的
物质世界之外

在溃疡的
精神形态之外
在僵硬的
水泥森林之外
在空心喧哗的
公共话语之外——

诗　让我们免于
成为类的平均数
并重新获取
独立自由的
本初自我！

88

一个能跳脱出
体制与惯性的拘押
而自由思考的人
总是会最先接近
诗与真理的人

诗是选择“不”的选择

89

历史是一种慢
变化太快的历史
等于没有历史

慢的历史中——
方有生的乐趣
方有美的细节
方有诗意的
回忆与向往

急　生事
慢　生诗

90

解密的自然
不再生梦

祛魅的诗歌
难免平庸

91

诗要自然
如万物之生长
不可规划

诗要自然
如生命之生成
不可模仿

92

自发　自在
自为　自由
自我定义
自行其是
自己做自己的主人
自己做自己的情人

——然后
诗得其所

93

诗　是天然的

天然的诗
居住在——
天然的诗心

天然的诗心
居住在——
生命的初稿

94

浑圆地生成
宁静地坠落

带着汁水、芳香和核

诗　一个完整
而独立的创生

95

大地的皮毛是松弛的
老虎的皮毛是松弛的

诗的皮毛
也该是松弛的——

松弛的外表
坚实的肌体
沉郁的灵魂

96

……深海的微笑

一个隐喻
一种境界
一种灵魂的
力量与风度

至诗隐修
大德无胜

97

诗要“呼吸”
“呼吸”何来
有“间”存焉

无为反生有
“有”在“间”中

“间”即“简”
——简约
自由
合心性
诗之“呼吸”所在

98

诗要简约——

既是对语言体验的
高度浓缩形式
也是对生命体验的
高度浓缩形式

刹那见终古
微尘显大千

“闪电式的穿透
无边际的暗涵”

99

诗有虚实
相济为宜

意象为虚
叙事为实

一味求虚只有虚
一味求实只剩实

事象相济
诗意无穷

100

意象之妙
妙在其“虚”——
生歧义

发联想
横生逸出
出世外远意

101

叙事之妙
妙在其“实”——
得骨力
见素直
直言取道
道人间真情

102

象中有至味
而象不宜繁造

事中有真义
而事不宜多叙

要虚中有实
方不涉空腔

要平中见峭

方文质兼胜

103

诗的“叙事”
须脱“事”而“叙”

不是“说事”
而是对“事”的“说”

意象性地说
戏剧性地说
寓言性地说

——诗性的说
说“事”不可说之“说”

104

指事　究理
抒情　言志
这是散文的做法

指事非事
究理非理

抒情非情
言志非志
这是诗的作法

105

诗性之思
出而入之

自常境中入
由奇意中出

于静笃中见峭拔
于澄明里生悬疑

106

诗性之语
华而淡之

素直之质
诡异之采

自然呈现
邀人共悟

107

诗性至情
孤迥独存

发乎本真
出于自得

与神为徒
无适无莫

108

诗性至境
近于寂然

寂然而峭拔
峭拔而纯然
纯然而澄明
澄明而浑然

浑然而寂
大音希声
至境无语

唯余“微妙”

109

……诗意微妙
心意却清楚
楚楚动人
人向风中去
去意也模糊

方留住雨意如歌
生岚　生烟
生朝露如珠
点亮你处子的眸

向晚低诉——
诗意时光
我心永驻

110

我们和古人和前人
看到的是——
同一派春水
同一脉秋山

同一片永恒的蓝天

而妙语　似已
为前人说完
而佳句　似已
为古人觅尽……

而今何以为诗？
唯　我之感觉
不同而已

111

诗感新奇诗新奇
诗感平俗诗平俗
诗感自然诗自然

而诗感何来？

一点灵气
几许智慧
十分爱心

112

意象为水
情感为风
智慧为帆

水无风而意不存
风无帆而形不存

帆无风而僵直
水无帆而空漠

水行风而活泼
风借帆而灵动

帆借水、风
而出神入化

113

诗的汉语
汉语的诗

有辉煌的身世

也有未知的奇遇

114

新诗之“新”
移洋开新

新诗之“诗”
汲古润今

新诗之“魂”
两源潜沉

新诗之“体”
道成肉身

115

现代诗的自由
不仅是解放了的
语言形式的自由
更是自由的人
的自由形式

“双手捧着太阳

而不被灼伤”！

116

世界是平的
诗是尖锐的
既是思想的尖锐认证
又是艺术的尖锐探求

语言是给定的
诗是自由的
既是文本的自由挥洒
又是人本的自由表达

117

好的现代诗
无古
无今
无传统也无现代

好的现代诗
是古
是今
是传统也是现代

118

一首好的现代诗
须是——
一次新奇而独特的
语言事件
一次新奇而独到的
意象营造
一次新奇而独立的
语感体验

——一句话
经由诗性的言说
提供了一次
新的说法

119

一首好的现代诗
须是——
一次新奇而独特的
灵魂事件
一次新奇而独到的
人生感悟

一次新奇而独立的
生命体验

——一句话
经由诗性的言说
说出了一些
新的东西

120

解构——建构
倾听——追寻

在思的途中展开
无限的诗的可能

语言的光芒照耀
生命的大花开放！

121

诗　是在语言的
历史中写作　而非
在历史的语言中写作

122

诗　是“隔岸观火”
疏离于时代　而又
窥视着时代的变化

诗　是“火中取栗”
投身于生活　而又
跳脱于生活的拘押

123

诗人——
既是在想象世界的
未知地带
作业的人
也是在真实世界的
不明地带
作业的人

124

在体制的网络上
诗　永远是一只

失效的“鼠标”

125

何谓“诗人”?

被命运所伤害
或　准备去
伤害命运的人

126

诗者“私”也
艺者“异”也

独立之人格
自由之精神

发为神游于物外
显为个在于群上

乃“异”而艺
乃“私”而诗

127

诗人——

生命理想的
“捕虹浪子”

语言家园的
“守望人”

128

“守望者”诗人
——苍凉的命名

守望什么?

灵魂的复活
语言的再生

129

……平静下来　做
孤寂而又沉着的人

坚守且不断深入
承担的勇气
承受的意志
精神的持久力量
和　为存在及万物
命名的
语言之光

守住爱心
守住超脱
守住纯正
以及……
从容的启示

130

诗　缘情

非缘一时之激情
突发之豪情
日常之滥情

乃缘一己之才情
自然之感情

千古之风情

入此境地
诗中方生烟云

131

山无云烟
不生灵物

人无云烟
不生逸气

文无云烟
不得润活

诗无云烟
不得灵动

132

“云烟”何来？

曰襟抱
曰情怀

曰天地人神
和谐贯通

而　一星独明

133

回看云起时
诗意独苍茫

得“云烟”者
得千古！

134

一切都消失了
只有真实出现了

我们宁可没有诗
也不可没有真实

可没有了诗的命名
诗的洗心悦意
所谓真实之还原
又　有何意义？

135

诗言志　还是
诗　言体？

实为一体两面

体是志的供养
志是体的灵魂

136

佛家讲“实修”
诗家也须讲“实修”

“实修”者
生命体验之所谓

137

生存永远比表演更难

诗是表演吗？
差不多是这样

也永远不该是这样

138

诗是本真生命的
自然呼吸——
而　成为一种
私人宗教

139

为虚构的荣誉
与角色的出演
而诗——

虽存诗形
诗心早已不存

140

诗乃心侣
以诚待之

功利或游戏
都是一种亵渎

141

诗贵有“心斋”
方不为时风所动
亦不为功利所惑
而得大自在

有大自在之诗心
方通存在之深呼吸

142

真正的　纯粹的
诗人　只是
愿意为诗而活着
绝不希求　由诗
“活”出些别的什么

初恋的真诚
诺言的郑重

143

从自身出发

从血液的呼唤
和真实的人格出发——

由外部的人
回到生命
内在的奇迹
守望最后的营地
把诗的钟声
撞得更响！

144

从未想象过——
要像纪念碑一样
在年代中坚持不朽

只是为了
在片刻间
不可侵犯
不可腐蚀地存在

只是为了偶然间
以诗的形式
把一些事物
重新弄清楚

然后将其欣慰地
转告黑夜　与黑夜中
同你一样
醒着的人们

145

或许　只有
真正绝望的灵魂
才会在诗的写作中
达到一种绝对的
纯粹与澄明

“在艺术和诗里
人格就是一切”

146

诗是一种慢
一种简
一种沉着中的优雅

若转为快捷的游戏
怕就是另外一些
什么味道

的　东西了……

147

常人求至
至人近常

诗也是这样——

常诗求至
至诗近常

148

优秀的诗人
讲一些神话

平庸的诗人
讲一些童话

天才的诗人
讲一些“傻话”

149

优秀的诗人
深刻地解说世界

平庸的诗人
生动地模仿世界

天才的诗人
轻松地创造世界

150

有诗如其人的诗人
有人如其诗的诗人

有诗不如其人的诗人
有人不如其诗的诗人

151

有为诗而诗的诗人
有为诗人而诗的诗人

有不写诗也是诗人的诗人
有写一辈子诗
也不是诗人的“诗人”

152

这里只有一个秘密——
对诗的爱
永远作为第一次

这里只有一种原则——
永远地忠于诗本身
而非其他

153

而光荣也只有一种——
在历史留下你的
诗人之名的同时
也留下了你的作品

——哪怕只是
短短的一首

154

独立　自由　虔敬
还有健康——

只有健康的诗人
才足以　在
沉入历史的
深处时　仍发出
自信而优雅的
微笑……

155

出而入之
静而狂之

持平常心
做平常人
写不平常的诗

无心以出岫
天地一沙鸥

156

而憔悴之后
便不再憔悴
——纯粹成一泓秋水

此后所有的日子里
你向所有的虚空
随意伸出手去
都会碰响一片
奇异而真实的
诗意的轰鸣！

157

诗是弱者的深呼吸
那隐秘的
自尊和骄傲
没钱也直着腰

158

诗是孤独的老情人
无须苦寻

转身处　便有
不期而遇的拥抱

159

诗　是离乡人
轻轻的口哨
一种自我安抚的
小动作　说不上
必要不必要

160

诗　是偷闲者
淡淡的下午茶
喝的人各喝各的味道
不喝的人忙别的
什么事去了

161

诗　是于时代暗处
发光的萤火虫
提着一盏
只照亮自己的小灯笼

在荒荒的野地里跑
不为什么地跑

162

诗　是在红尘之外
开着的蒲公英
于无风的午后
被那个为成熟走失
为记忆唤醒的孩子
高高举着
不为什么地举着……

163

诗　镀金时代的
私人邮件

诗　物质暗夜的
精神闪电

164

纯洁与隔离
水的两种功能

隔离与纯洁
诗的两种作用

纯洁什么
隔离什么

水不说
诗也不说

165

水在水之外活着
山在山的内心活着

诗在哪活着？

——生命厌倦时
那一点最后的眷顾

云在风之外
安详地说

166

“看过日落后
眼睛何用”？

——悬崖边的禅坐

汉语的风骨
汉诗的秘响

167

在翻译体的
曲折之外
现代汉诗
是否可以另创一种
简劲的体格？

内化现代
外师古典
融会中西
重构传统

168

好诗如菊
秋意本天成

——淡然无极
而众美从之

169

不是刻意寻觅的
什么境界　而是
于淡泊超然中
呈现一派
无奇的绚烂

净空生辉
君子自香

170

……高贵的消极
消极的“高桂”

——是的
是桂花的“桂”
那一种洗心润肺的香呵
那一种寂寞八月的
迟暮与野逸

云深不知处
诗心比月齐

171

最初的惊奇　以及
孩子般睁大的眼睛
且以平常心予以认领

便有了那些分行的文字
让你安妥了　一段
不知所云的灵魂

172

缩小:物的世界
放大:心的宇宙

在诗的重构中

——那一片
不能耕种的峭岩
——那一片
不求回答的蓝天
寻　生命的
大自由——

最高的一致与和谐！

173

或许　自由
也是一种累
像雪一样的累

却是美丽的累
——瞬间的飘逸中
找回飞翔的感觉

并独自领略
人生与自然
那一层
隐秘而原初的
诗意的呼吸

174

没有谁能够回到过去
也没有谁只活在当下
黎明　黄昏
正午只是一瞬

只有记忆久久挽留
黎明的憧憬
只有灵魂默默预领
黄昏的素宁

——钟声响了
死亡在每一分钟里发生
而生命　依然期待着
另一种生命的诞生

175

不知诗
无以言

夕阳黄昏

苦
无
葬心之地

176

这个世界
连上帝也疲倦了——

把本该他干的活
交给了诗神

177

头上的星空
脚下的大地
心中的山川丘壑

“那无限空间的永久沉默
让我恐惧”

于是——有诗
有“思”与“诗”的灵魂
让肉身成道
与天地共生

178

预期的晚祷
向晚愈明的仰瞻

因悲悯而宽宏
因旷达而淡定

铁的沉着
月的澄明

守势不妄
归根曰静

179

人在世外独行远
梦于诗中偏飞高

180

众鸟中的一鸟
可是青鸟？

群花中的一花
可是梅花?

181

“笛声吹开梅花”后
诗人远去——

而“风景起源于
一片静默”

逝者如斯
云卷云舒

182

诗　是人类
所独自拥有的
另一种目光——

在人世之外
在自然之外
在实在的生活
和“笼子”之外
照亮另一片风景

如另一只手
伸向你
伸向所有的人类
永不收回！

183

溶冰的过程
化苦难　为
歌吟的过程

——你知道　你
不仅是你自己
你是阳光
也是风雨
你是时代颜面下
忧郁而深刻的
诗的印记……

184

在生命"初稿"中
在作为最初的
旅行者的足迹中

找回一颗
失落已久的童心
和孕育那颗童心的
乡土家园——

复生的诗意
还乡的诗意

185

将我的生命
融入诗的生命

将诗的生命
融入我的生命

超越自然
又回返自然
超越生命
又回返生命

既是源于
生活与生命的创造
又是生活与生命的
存在方式

186

诗　是我们生命
内在的方向

这方向　不能
改变我们的命运
却能校正我们
看待命运的眼光

187

“水　总是在
水流的上游活着”——

原生态的生存体验
原发性的生命体验
原创性的语言体验

——诗　总是在
诗的本源里活着

188

在解密后的

现代喧嚣中
找回古歌中的
天地之心

在游戏化的
语言狂欢中
找回仪式化的
诗美之光

189

青铜之音
纯净而高迈

青草之色
朴茂而辽阔

——风和云
在蓝天的更高处
相拥而歌

190

通神而明
元一自丰——

在诗的瞻望
与　呼吸中
连野草的气息
也有了岩石的力量

191

精神的家园
灵魂的故乡

诗心连世界
亲情待万物

与物为春
岁月静朗

192

生命很短
岁月很长
季节很自然
诗很偶然

偶然的诗

使生命
也会很长
很自然

193

上帝说要有光
于是就有了光
——自然的上帝

诗是光的使者

194

祖先说要有诗
于是就有了诗
——汉语的祖先

诗是汉语的灵魂

195

我看不见上帝
可我认识诗
我便和上帝的心

在一起跳动

我没见过祖先
可我认识诗
我便和祖先拥有
共同的灵魂

196

佛祖说——
发出你自己的光

上帝说——
写出你自己的诗

197

无核之云

他来了
他停下
他走了——

善待这些时刻
善待这些向内开的花

——光的生命
诗的生命
在"无限空间的永久沉默中"
瞬间绽放

198

找不到家的人们
——就去写诗吧

看不到星星的人们
——就去读诗吧

199

让世界听到
每一颗心灵的声音
——诗的声音

人类会变得
更加
真实而年轻

200

此刻——谁
没有经过洗礼
谁就没有归宿

——诗的洗礼
自由
孤独
还有……爱

诗意如灯
天心回家

2002 年起始断续撰写留记
2008 至 2011 年初步整理结集成稿
2012 年秋增补修订于西安大雁塔印若居

后　记

本套“当代新诗话”丛书，以内化现代、外师古典、融会中西、重构传统为理念，精选当代中国新诗界、新诗诗学界著名学者、诗人、诗学家、诗歌批评家“独得之秘”的“诗话”专著，予以集约性经典展现，以填补海内外当代新诗话出版空白，进而促进现代汉语诗话之研究，现代诗学之发展，及相关学科研究方向与视野的扩展，实现其独特学术价值。同时，也为广大诗歌与文学研究者和爱好者，提供一份别具参考意义与阅读趣味的特色文本。

新诗发煌，耀耀百年。其创作，其研究，皆因“与时俱进”切切而日趋显学之势。及至新世纪以来，各种新诗选本及新诗理论与批评文集，层出不穷，蔚为大观，唯新诗诗话的研究、发掘、梳理与出版，一直荒疏忽视，付之阙如。

汉语“诗话”，向来为汉语诗学、汉语美学之津梁，也是唯汉语世界独有的一种文学艺术批评话语方式。而无论诗界学界，大概不乏认同，百年汉语诗学由传统向现代演进中，仅以影响深广而言，迄今为止，王国维先生的《人间词话》仍为翘楚，一时罕有超越者。此中学理之辩不免纷多，而其隐约一点，或与取道袭古弥新之“诗话”为体不无关系。

作为撬开汉语新文学大门并深刻影响现当代中国文学进程的新诗与新诗诗学，百年激荡，渐趋水静流深，并受时代文化语境嬗变之影响，也开始由一味复制西方诗学体系转而再造汉语诗学传统，先后出现了一批避开普泛诗歌理论与批评论著模式，转以随笔体、断章体、语录体、诗体等“新诗话”形式，对当代中国诗歌美学景观和精神谱系，做另类文体解读的重要文本。

故，值此新诗百年节点，编选出版“当代新诗话”丛书，既填补历史之缺憾，又经营目前之务实，可谓“当春乃发生”之跃跃其时。

本丛书第一套遴选，出于郑重也有赖机缘，先行约得四家诗话：著名学者、诗人、诗学家、翻译家、中国符号学开山泰斗、四川大学文学与新闻学院赵毅衡教授撰写的《断无不可解之理》；当代中国最富原创性和影响力的诗人、作家、诗学家、云南师范大学文学院于坚教授撰写的《为世界文身》；诗人、诗学家、诗歌批评家、河北师范大学中文系陈超教授撰写的《诗野游牧》；诗人、诗学家、诗歌评论家、海南大学人文传播学院耿占春教授撰写的《退藏于密》。四位作者，虽分处南北东西，却拥有可称之为“诗人学者”这一共同背景。学院、学养、学理之外,更有丰富诗歌创作经验与诗学著述经验筑基,艺术感觉明锐,审美趣味独到,问题意识深切,个人风格显豁,而多有独辟蹊径、卓然高致之风范。其书稿,体例风格不求一统,或以诗话形式原创专著,或由原有著述辑录结集,承正脉而别开一界,或可于发端伊始,得多元并举、多彩纷呈之势,以兼求证与鼓舞之效。

作为本丛书策划及主编,甘冒"失格"之嫌,自呈《无核之云》忝列其中,一则不乏前例遮脸,二者拙著本身确系多年潜心探究之得,算得自成一家,无损编选宗旨。尤其能与四位知己道友联袂而行,成此佳话,更是不舍割让,由不得乘便自举了。

策划并主编"当代新诗话"丛书,系编者耿耿在心的半生夙愿。是故,此一动议未果前,遂先行于上世纪 80 年代末及 90 年代初,精心摘辑编选两部语录体式的《西方诗论精华》和《台湾诗论精华》,分别由花城出版社和陕西人民教育出版社出版发行,获诗界学界广泛激赏,至今不乏专信寻求者。之后又乘兴于 1996 年编选一部《诗是什么——二十世纪中国诗人如是说》(当代大陆卷),以每人十句话形式,征集辑录活跃于当代中国大陆新诗界的老中青三代四十四位诗人之精华诗学论断四百余条,其中绝大部分均由入选者应编选要求专门撰写,弥足珍贵。惜成书由台湾尔雅出版社出版后,一直未能有机会在大陆出版,每每遗憾。

如此苦心铺垫,寂寞以求,终得陕西人民教育出版社田和平先生倾力支持，并有幸获得杨匡汉先生的先期指导和几位同道师友的热忱参与，圆此盛举，在此一并深致谢意！

丛书即将付梓之时，传来陈超尊兄不幸逝世的噩耗，痛心疾首！而其诗话专著《诗野游牧》，也便成了这位对中国当代诗歌与诗学做出杰出贡献的诗人学者的"绝响"之作——"文章千古事""留得身后名"。斯人远去，遗书传世，愿读者珍惜，诗界珍重！

最后，深心希望本套丛书出版后，能得到读者和学界的青睐与指正。尤其期待的是，能有更多同道师友接力赐稿，再续佳话，以求此系列丛书的编选出版成为当代中国新诗诗学别开一界而影响深远的历史谱系。

沈　奇

2014年12月于西安